자청비,

칼 선 다리 건너 세상 농사 돌보니

203

자청비,

칼 선 다리 건너 세상 농사 돌보니

전국국어교사모임 기획 · 조현설 글 · 이선주 그림

Humanist

'국어시간에 고전읽기' 시리즈를 펴내며

고전을 읽어야 한다는 가르침은 어릴 때부터 귀가 따가울 만큼 들었다. 그러나 몸소 이를 따르는 사람은 흔치 않다. 종종 고전을 가까이하는 사람들이 있는데 이들은 대체로 삶을 헛되이 보내지 않고 훌륭한 일을 이루어 세상에 뚜렷한 이름을 남겼다. 고전 안에 그만큼 값진 속살이 들어 있기 때문이다.

고전이 이처럼 깊은 가치를 지녔는데 어째서 고전을 읽는 사람은 흔치 않을까? 아마도 고전이 사람을 쉽게 끌어당겨 주지 않기 때문일 것이다. 고전은 우리에게 섣불리 손짓을 하지도, 눈웃음을 치지도 않는다. 고전은 끈기를 가지고 파고들어 오는 사람에게만 마지못한 듯이 웃음을 지으며 속내를 털어놓는다. 고전은 요즘보다 훨씬 무뚝뚝하던 옛날에 이루어진 삶이며 글이기 때문이다.

그래서 우리는 청소년들이 고전을 즐겨 읽을 수 있도록 마음을 다했다. 뻣뻣하고 까칠한 고전을 달래서, 부드럽고 친절하게 청소년을 끌어당기도록 손을 쓰고 공을 들였다. 멋없이 무뚝뚝하던 고전을 정성껏 매만져서 두 팔을 활짝 벌리고 청소년들을 끌어안을 수 있도록 탈바꿈했다.

고전은 이제 온전히 겉모습을 바꾸어 청소년들을 맞이할 것이다. 자칫 속살까지 탈바꿈한 것처럼 보일지 몰라도 책을 읽다 보면 예스러운 고전의 맛과 멋을 한껏 느낄 수 있을 것이다. 우리는 무엇보다도 고전이 고전다운 속내와 뼈대를 온전하게 지니도록 하는 데 힘을 쏟았다.

고전은 시공간을 뛰어넘고, 나라와 겨레를 뛰어넘어 세상 모든 사람에게 큰 울림을 준다. 《시경》, 《탈무드》, 《오디세이아》, 셰익스피어와 괴테의 작품이 세상 모든 이에게 가르침을 주듯이, 우리의 고전도 모든 이에게 값진 가르침을 줄 것이다. 가르침이 서로 다르기는 하지만 높낮이가 있는 것은 아니다. 그러므로 세상 고전을 두루 읽어야 하는 것이나, 우리는 우리네 고전부터 읽는 것이 마땅한 차례다.

이런 뜻으로 전국국어교사모임에서 '국어시간에 고전읽기' 시리즈를 펴낸 지 십 년이 되었다. 누구나 두루 즐기며 읽을 수 있도록 쉽게 풀어 쓰고 맛깔나고 재미있는 작품으로 재창조하려고 무던히도 애썼다. 다행히도 많은 독자로부터 분에 넘치는 사랑을 받았고, 우리 고전을 가까이하고 즐기는 청소년들이 많이 늘어 고마울 따름이다.

지난 십 년처럼 묵묵하게 이 시리즈를 이어 갈 생각으로 첫 마음을 되새기며 글과 그림을 더하고 고쳐 좀 더 새로운 얼굴의 우리 고전을 세상에 다시 내놓으려 한다. 이 책을 통해 우리 청소년들이 풍성하고 가치 있는 고전의 바다에 풍덩 빠질 수 있기를 기대해 본다.

2012년 11월

전국국어교사모임

《자청비》를 읽기 전에

'자청비'란 이름을 들어 보았는지요? 자청해서 얻었다고 해서 붙여진 이름이지요. 하지만 그 유래를 들어 보면 꼭 자청한 것은 아니랍니다. 아버지 김진국 대감은 아들 얻기를 자청하여 치성을 드렸지만 딸이 태어났지요. 그래도 아버지는 아랑곳하지 않고 자청비라고 이름을 짓습니다. 그래서일까요? 자청비는 이름처럼 활달한 아가씨가 되고 마침내는 여신이 됩니다.

바리데기라는 유명한 여신이 있지요. 우리나라 거의 모든 지역의 무가(巫歌)에 등장하는 여신이지요. 바리데기는 부모의 간절한 비원과는 달리 딸로 태어납니다. 부모를 살려 낸 공덕으로 결국 신이 되긴 하지만 처음에는 이름대로 버려진 아이였지요. 그러나 자청비는 버려지지 않습니다. 딸로 태어났어도 부모가 귀하게 키우지요. 여기에 바리데기와 자청비의 차이가 있고, 자청비 신화를 읽어야 하는 이유가 있습니다.

자청비는 제주도 심방들이 굿을 할 때 부르는 노래 가운데 하나인 〈세경본풀이〉의 주인공입니다. 제주에서는 무당을 심방이라고 하지요. 〈세경본풀이〉란 '세경신의 근본을 이야기로 풀어낸다.'라는 뜻인데 세경신은 농사의 신을 말합니다. 그러니까 〈세경본풀이〉는 심방이 굿을 할 때 자청비가 세경신이 된 내력을 풀어 놓는 무속 신화이지요.

그런데 이상하게도 자청비 신화는 제주도에서만 전해지고 있습니다. 바리데기 신화가 한반도 전역에서 전승되고 있는 것과 재미있는 대조를 이루지요. 거기에는 이유가 있습니다. 자청비 신화는 바리데기만큼 오래된 신화가 아니라 제주도 사람들과 제주도 심방들이 새로 빚어낸 신화이기 때문이지요. 제주의 오랜 신화에 설화와 옛 소설까지 섞어 자청비라는 제주 특유의 캐릭터를 탄생시켰습니다.

제주 안에서만 전승되어 왔기 때문에 〈세경본풀이〉의 자료는 다른 무가들에 비해 그다지 많지 않습니다. 현재 여섯 종 정도의 구연본이 채록되어 있고, 구전되는 신화로 채록된 것이 몇 종 있는 정도지요. 이 가운데 강을생이라는 여자 심방이 부른 무가가 가장 길고 이야기도 풍부합니다. 이 책은 강을생 창본을 바탕으로, 안사인 창본을 약간 가미하여 이해하기 쉽도록 다시 풀어쓴 것입니다.

자, 이제 흥미진진한 〈세경본풀이〉의 세계로 들어가 봅시다. 자청비는 어떻게 해서 농사의 신인 세경신이 되었을까? 어째서 문 도령, 정수남까지 세경신이 되었을까? 환생꽃은 무엇이고, 서천꽃밭은 어디에 있을까? 왜 제주 사람들은 이런 신화를 빚어냈을까? 이런 질문들을 마음에 품고 말이지요.

2009년 11월

조현설

차례

이야기 속 이야기

옛날 옛적 서수왕의 막내딸아기가

문국성 문 도령에게 시집을 못 가 원한이 맺 히 고 맺 혀

인간 세상에 내려와 액을 주고 병을 주니 막아 주소서

세경신 하느님아

모든 것이 없는 것이 없이 온 집안이 대대로 풍족하게 하여 주소서

자청하여 태어난 자청비

옛날 옛적 윗마을에는 김진국이 살고 아랫마을에는 조진국이 살았다. 두 사람은 열다섯에 하늘이 정해 준 대로 아름다운 배필이 되었다. 알콩달콩 사이좋게 십수 년을 살았지만 부부는 서른이 가깝도록 슬하에 자식이 없었다.

고대광실 높은 집에 집 안에는 종도 많아서 기는 종도 아홉 나는 종도 아홉이나 되었다. 남쪽으로는 산이 있고 북쪽으로는 논밭이 있어, 살림살이도 음식도 늘 가득하여 곡식 무더기에 덩굴이 오를 정도로 모든 것들이 풍족했다. 하지만 부부는 혈육이 없어서 늘 근심에 빠져 있었다.

그러던 어느 날, 김진국은 답답한 마음을 달랠 겸 꽃구경이나 하려고 서천꽃밭에 들어갔다. 한창 꽃구경을 하며 보니 까마귀도 알을 낳고, 썩은 나무 밑동에도 새싹이 나는가 하면, 지난가을에 잎 떨어진 온갖 초목은 봄이 되자 파릇파릇 다시 싹이 돋아나고, 까마귀가 품은 알에서는 새끼가 나와 어미가 물어다 준 작은 벌레를 늘름늘름 받아 먹고 있었다.

이리저리 꽃구경을 마친 김진국은 더욱 허전해진 마음으로 터덜터덜 집으로 돌아오다가 허름한 움막 앞을 지나게 되었다. 김진국은 아침도 굶고, 점심도 굶은 거지 하나가 아이와 함께 움막 앞에 앉아 노는 것을 보았다. 거지는 해가 저물도록 배고픈 것도 잊고, 해 지는 줄도 모르면서 즐거워하고 있었다. 멀찌감치 떨어져 그 모습을 한참이나 물끄러미 바라보던 김진국, 발길을 돌려 고대광실 같은 집으로 돌아온 김진국, 마음이 답답하기 그지없었다.

말없이 사랑방에 들어가 능화자리, 꽃방석을 번지르르 깔아 놓고, 머리에는 한서병풍, 발밑에는 족자병풍을 휘휘친친 두르고, 고운 베개에 비단 이불 네 귀퉁이 반듯이 개어 놓고 앉아 있으니, 허전한 마음은 커져만 갔다. 은당병을 꺼내 놓고 이리저리 굴려 봐도 입 벌리고 즐겁게 웃을 일이 없고, 금봉채를 내어놓고 이리저리 만져 봐도 입 벌리

- **고대광실**(高臺廣室) 매우 크고 좋은 집.
- **능화자리** 마름꽃 문양이 있는 자리.
- **한서병풍**(漢書屛風) 한문으로 된 책의 내용을 적어 놓은 병풍.
- **족자병풍**(簇子屛風) 병풍처럼 줄지어 늘어선 족자.
- **은당병** 은을 박아 넣은 병.
- **금봉채**(金鳳釵) 머리 부분에 봉황의 모양을 새겨서 만든 금비녀.

고 웃을 생각이 없고, 귀한 연적을 내어놓고 이리저리 살펴봐도 즐거운 생각은 도무지 들지 않았다.

'아! 아무리 귀한 것을 손에 쥐고 있은들 아이 있는 집의 즐거움을 어찌 따라갈꼬.'

웃을 일도 없고, 입맛도 돌지 않아 말없이 돌아누워만 있었던 김진국은 한숨만 푹푹 쉬며 시커멓게 타들어 가는 속을 부여잡고 끙끙대고 있었다.

그때 부인 조진국이 부지런히 아침밥을 지어 놓고, 통영반상에 메밀묵적 담아내고, 안성놋기 꺼내 열두 가지 찬을 가득 담아 푸짐한 밥상을 정성스레 마련하여 김진국에게 들고 갔다. 하지만 아침때가 한참 지나도록 김진국은 밥상을 받지 않았다. 놀란 조진국이 방에 다시 들어가 김진국을 살피며 물었다.

"무슨 일이 있으시기에 이리 근심이 가득하여 아침도 안 드시고 계신가요?"

"부인이 내 근심을 안다고 어찌할 수가 있겠소?"

"여보시오, 대감님아. 아버지 몸에서 뼈를 얻고 어머니 몸에서 살을 얻어 어머니 배 속에서 아홉 달, 열 달을 꼬박 채워 이 밝은 세상으로 두 주먹 불끈 쥐고 나오니 어머니가 배냇저고리를 지어 입히고, 두세 살이 되어 가니 노봉옷을 지어 입히고, 그럭저럭 네다섯 살을 지나가니 위아랫막이를 지어 입혀 가며 나를 키웠지요. 그리고 내 나이 열다섯이 되었을 때 당신과 천생배필을 맺었습니다.

그때부터 이럭저럭 한솥밥을 지어 먹고, 한자리에서 잠을 자며 서른

가까이 살았는데 내게 궂은일이 있거든 대감님께 아니 말할 수가 있겠으며, 대감님이 궂은일 있으나 좋은 일 있으나 내게 솔직히 털어놓지 않을 수 있겠습니까?"

"이보시오. 부인님아! 그 말씀 듣고 보니 우리 처지가 더욱 가련하오. 우리는 고대광실 높은 집에 남쪽에는 산, 북쪽에는 논밭이 넓게 있고, 설설 기는 종도 아홉이요, 일 잘하고 날랜 종도 아홉이니 남부러울 게 없지요. 하지만 어제는 심심하고도 심심하여 서천꽃밭에 들어가 꽃구경을 하다 보니 구시월에 떨어진 풀 잎사귀도 이삼월이 되자 파릇파릇 새싹이 돋아나고, 썩은 나무에도 새순이 나고, 까마귀도 알을 쳐서 작은 벌레 물어다 새끼들 먹이니 주는 족족 늘름늘름 잘도 받아먹더구려. 그 모습을 보니 꽃구경을 실컷 했어도 마음이 허전하지 뭐요.

쓸쓸히 돌아오던 중에 한 허름한 움막을 지나는데, 아 글쎄, 그 움막에 사는 거지도 아침밥 굶고 점심밥 굶고 앉아서도 종일토록 아이와 함께 놀면서 해 지는 줄도 모르고 배고픈 줄도 모를 만큼 즐거워하는 것이 아니겠소? 그 모습을 보고 나니 자식 없는 우리는 까마귀만도 못하고, 거지만도 못한 것 같아 이렇게 근심하고 있다오."

"여보시오, 가장님아! 그러지 말고 우선 아침진지부터 드십시오. 그

- **통영반상** 통영에서 만든 유명한 밥상.
- **안성녹기** 안성에서 만든 유명한 놋그릇.
- **노봉옷** 바짓가랑이가 트여 있는 옷.
- **위아랫막이** 아래옷과 윗옷을 속되게 이르는 말.

래도 우리에게는 돈이 풍족하니 영험한 산에 들어가서 정성스럽게 수륙공양을 드리면 자식을 볼 수 있을 것이오. 정 안 되면 마을 밖에 가서 양아들을 데려와 자식을 삼으면 되지 않겠소?"

"부인님아! 부인님아! 그 말씀 듣고 보니 우리 처지가 참으로 가련하오. 아침밥이나 먹읍시다."

무거운 마음을 누르며 말없이 아침밥을 먹은 부부는 상을 물린 뒤 쓸쓸히 앉아 있었다. 그때 동개남은중 절의 스님이 내려와 먼 대문 밖에서 외쳐 대는 소리가 들렸다.

"시주 좀 하시오. 시주받아 낡고 오래된 절 수리 좀 하려 하오."

스님이 왔다는 소리가 들리자 두 귀가 번쩍 뜨인 부부는 얼른 하녀를 찾았다.

"늦인득이 정하님아! 대문 밖에 좀 나가 보거라. 어느 절의 스님께서 여기까지 오셨는고?"

늦인득이 정하님은 대문 밖 멀리까지 나가 스님을 찾아 물었다.

"스님, 어느 절에서 오셨습니까?"

"우리 절은 동개남은중 절이옵니다."

늦인득이 정하님은 그 말을 듣자마자 곧장 집으로 들어와 부부에게 전했다.

"상전님! 상전님! 문밖에 계시는 스님은 동개남은중 절에서 오셨습니다."

"그렇다면 원천강과 원수룩은 가지고 계신지 다시 한 번 물어보고 오너라."

늦인득이 정하님이 다시 달려 나가 부부가 시킨 대로 물어보자, 스님은 의기양양하게 입을 열었다.

"왼손에는 단수육갑, 오른손에는 오행팔괘 벌여 있고, 원천강도 원수륙도 모두 가지고 있습니다."

스님이 말을 마치자마자 늦인득이 정하님은 다시 방 안까지 달려와서 말을 전했다.

"상전님! 상전님! 저 스님께서는 왼손에는 단수육갑, 오른손에는 오행팔괘가 벌여 있고, 원천강과 원수륙도 모두 가지고 있답니다."

"오! 그렇다면 이리로 청하여 모시고 오너라."

부부는 반가운 마음에 스님을 안사랑으로 불렀다.

"스님, 우리 부부의 사주 좀 한번 봐 주십시오. 저희 부부 열다섯에 천생배필을 삼아 남부러울 것 없이 풍족하게 살고 있지만 서른이 다 되도록 아기가 없어서 이렇게 수심이 가득하답니다. 그러니 우리 부부 사주팔자나 한번 봐 주십시오."

- **수륙공양**(水陸供養) 물과 뭍의 귀신들을 위로하기 위해 드리는 불공. 수륙재라고도 한다.
- **동개남은중**(東開南恩衆) **절** 동쪽에 열린 나무아미타불을 모신 절을 이르는 듯하다.
- **늦인득이 정하님** 정씨 성을 가진 늦둥이 하녀를 이르는 말.
- **원천강**(遠天綱) 중국의 유명한 점쟁이인데, 와전되어 무속에서 점복에 관한 책을 가리키는 말로 쓰인다.
- **원수륙은 가지고 계신지** 수륙재는 음식을 물이나 땅에 뿌려 외로운 혼령이나 아귀들을 위로하는 불교식 제의로 원수륙을 가졌다는 말은 수륙재를 할 수 있는 능력이 있다는 뜻이다.
- **단수육갑**(單手六甲), **오행팔괘**(五行八卦) **벌여 있고** 육갑은 십간 십이지를 결합하여 만든 육십간지(干支), 곧 육십갑자의 준말이고, 오행은 음양오행설의 오행, 팔괘는 《주역》의 팔괘를 뜻하는 말로 두 손에 그런 것들이 벌여 있다는 말은 두 손에 점복 책을 펼쳐 놓고 육갑을 짚거나 오행과 팔괘를 따져 운세를 점칠 수 있는 능력이 있다는 것을 상투적으로 표현한 것이다.

스님은 고개를 끄덕이며 왼손에 든 단수육갑과 오른손의 오행팔괘를 벌여 놓고 한참 동안 부부의 사주를 보더니 입을 열었다.

"김진국 대감님, 지금부터라도 정성껏 공을 들이면 맨 마지막 메밀 농사로 아들 자손 한 명을 볼 것입니다. 하시만 공을 아니 들인다면 머리 깎고 바다 밖 절을 떠도는 중이 될 팔자입니다."

깜짝 놀란 김진국은 다급하게 입을 열었다.

"그러면 어떻게 공을 들여야 합니까?"

"음……. 좁쌀도 일만 석, 흰쌀도 일만 석을 싣고, 가는 물명주도 통째로 굵은 강명주도 통째로 초록 명주도 통째로 마련한 뒤 명(命)에 맞는 명쇠도 백 근 열 냥을 준비하여 석 달 열흘 동안 정성을 다한 후에 우리 절에 와서 수륙재를 드리십시오."

"그렇다면 당장 그렇게 하겠습니다."

그날부터 김진국은 스님이 일러 준 대로 정성껏 마련하여 날마다 절에 시주하기 시작했다. 조진국 역시 그날 이후로 푸른 대나무 밭에 참실 밧줄을 동에서 서로 매고 남에서 북으로 매어 굽이 겹겹 신(神) 줄을 만들어 두고, 아래에는 능화자리 번지르르하게 펴 두고, 참바에는 물명주며, 강명주며, 초록 명주와 온갖 비단 널어 두고, 앞에는 좁쌀도 일만 석, 흰쌀도 일만 석 널어놓고 낮에는 찬바람에 찬 이슬, 밤에는 은 바람에 은 이슬 맞으며 석 달 열흘 정성을 다했다.

마침내 약속했던 대로, 석 달 열흘 정성이 차자 조진국이 말했다.

"여보, 대감님아! 이제 차려 놓고 시주하는 일을 마쳤으니 어서 짐을 꾸리십시오. 내일은 동개남은중 절에 들어가 수륙공양을 드려서 자식을 점지받읍시다."
"그러면 그렇게 합시다."
말을 마친 김진국은 조진국이 차려 놓은 물명주, 강명주의 무게를 모두 달아 본 후 조금 덜어 내며 혼잣말을 했다.
"반 근 정도 없다고 뭐 누가 알겠나!"
부부는 짐을 꾸려 두고 남편 김진국은 바깥사랑에, 부인 조진국은 안사랑에 각각 누워 잠을 청했다. 하지만 두 사람은 내일이면 수륙공양을 드리고 자식을 얻을 수 있다고 생각하니 도무지 잠이 오지 않았다. 시간이 유난히도 더디더디 가는 것만 같더니 결국 앉은 채로 밤을 새우고 말았다. 밖에서는 천왕(天王) 닭이 목을 들어 울고, 지왕(地王) 닭이 목을 꺾어 울고, 인왕(人王) 닭이 날개 치며 우는 소리가 들려왔다.
마침내 먼동이 트자 조진국은 아침상을 차려 놓고 김진국을 불렀다.
"여보, 대감님아! 어서 와서 아침진지 드십시오."
"그럽시다."
김진국과 조진국은 서둘러 아침밥을 먹은 뒤 짐을 짊어지고 길을 떠났다. 그런데 어깻죽지에 밧줄을 제대로 매지 않고 짐을 지고 가니 얼마 걷지도 않아 다리가 천근만근 무거웠다. 발도 콩꼬투리같이 부풀

- **메밀 농사** 자식을 얻기 위해 하는 남녀 간의 교합을 이르는 은유적 표현.
- **물명주** 엷은 남빛 명주실로 짠 피륙.
- **명쇠** 무당들이 사용하는 아흔아홉 상쇠 방울 가운데 명을 주는 방울.
- **참실 밧줄** 삼이나 칡 따위로 세 가닥을 지어 굵다랗게 드린 줄. 참바라고도 한다.

어 더 이상 걸을 수가 없었다.

그때 마침 서개남무광 절 곁을 지나던 부부는 절에 들어가 잠시 쉬면서 긴 한숨을 내쉬었다. 그러자 서개남무광 절에 있던 스님이 나와 부부에게 물었다.

"어디로 가시는 길이기에 두 어른께서 이리 나란히 앉아 얼굴에 수심이 가득하십니까?"

"스님, 말씀도 마십시오. 우리 부부 열다섯에 서로 천생의 배필을 맺어 더불어 지내길 서른이 다 되어도 슬하에 자식이 생기질 않아 동개남은중 절에서 온 스님에게 사주를 보니 우리가 중이 될 팔자를 타고 나서 자식이 없다고 하지 않겠소.

그러고는 그 스님 하시는 말이 우리 절에 불공을 잘 드리면 맨 마지막 메밀 농사에 아들자식을 하나 보겠다고 하여 온갖 정성을 드린 후 오늘 드디어 수륙재를 드리러 가는 길이라오. 그런데 얼마 가지도 못해 이렇게 힘들어 지쳐 버렸다오. 마음은 급하고 갈 길은 먼데 발길이 안 떨어지니 이러지도 저러지도 못하고 염치 불구 여기 앉아 잠시 쉬는 중이라오."

"그런 사연이 있으셨다면 그렇게 멀리 있는 동개남은중 절까지 갈 것 있겠습니까? 괜히 발품 팔 것 없이 우리 절에서 수륙재를 드리는 것이 어떻겠습니까?"

* **서개남무광(西開南無光) 절** 동개남은중 절의 짝이 되며 서쪽에 열린 나무관세음보살을 모신 절이라는 뜻.

"아! 그럼 이 절에서 수륙재를 드려도 자식 얻을 덕을 볼 수 있습니까?"

"아이고! 있고말고요. 이미 여러 사람이 우리 절에 와서 수륙재를 드리고 간 뒤에 모두 크게 덕을 보았습니다."

"이것 참 잘되었소. 그렇다면 우리도 이 절에서 수륙재를 드리겠습니다."

"좋습니다. 그렇게 하십시오."

김진국과 조진국은 스님의 말에 반색을 하며 곧장 서개남무광 절에 들어가 수륙재를 올리기 시작했다. 부부는 동개남은중 절 스님과의 약속을 까맣게 잊고 오로지 자식 얻을 생각만으로 석 달 열흘 수륙공양을 정성스레 지냈다.

그동안 동개남은중 절 스님은 김진국 부부가 오기만을 목이 빠져라 기다렸다. 하지만 두 사람은 도무지 소식이 없었다.

'참으로 이상하다! 김진국, 조진국 부부가 올 때가 한참이나 지났는데 어찌하여 오지 않는 걸까?'

답답한 마음에 동개남은중 절의 스님이 천리통을 들고 그간의 상황을 살펴보았다. 그랬더니 김진국과 조진국은 수륙공양 드릴 제물을 모두 차린 다음 대충 반 근을 덜어 버리고 길을 나섰다. 그러고는 얼마 못 가 서개남무광 절에 들르더니 거기서 수륙재를 드리느라 정신이 팔려 있었다. 잔뜩 골이 난 동개남은중 절 스님은 이를 딱딱 부딪치며 중얼거렸다.

"그것 참 괘씸하구나! 우리 절에 왔으면 아들자식을 점지하여 주었을 것인데. 에라! 딸자식이나 하나 줘 버리자."

그때 김진국과 조진국은 서개남무광 절에서 정성스레 수륙재를 지냈고, 마침내 석 달 열흘이 지났다. 그날 밤, 김진국은 윗녘에 눕고 조진국은 아랫녘에 누워 잠을 자는데 각자 신기한 꿈을 꾸었다. 날이 밝자마자 조진국은 반가운 마음에 김진국에게 간밤에 꾸었던 꿈 이야기부터 꺼냈다.

"여보, 대감님아! 이 절에도 자식 생길 덕이 있긴 있는 모양입니다. 간밤에 아주 희한한 꿈을 꾸었지 뭡니까?"

"그래요, 어떤 꿈을 꾸었소?"

"백발노인이 나타나 담장나무를 안겨 주는 꿈을 꾸었는데 붉은 나무를 품었으면 아들자식 낳을 꿈이겠거늘 흰 나무를 품었으니 딸자식을 낳을 꿈이 분명한 듯합니다."

"그렇구려. 사실 나도 간밤에 꿈을 하나 꾸었소."

"어떤 꿈을 꾸었습니까?"

"술상을 받는 꿈을 꾸었는데 돼지고기 안주에 붉은 소주 먹는 것을 보았으면 아들자식이 분명할 터이나 지난밤 꿈에는 청감주에 호박전을 안주 삼아 먹는 것이 보였으니 이 또한 딸아이를 낳을 꿈이 분명하오. 아들이든 딸이든 자식 없는 처지에 아무런들 어떻겠소!"

김진국과 조진국은 마침내 서개남무광 절에서 자식을 점지받은 뒤

- **천리통** 천 리를 내다볼 수 있는 망원경. 이 망원경은 과거까지 살필 수 있다.
- **청감주**(青甘酒) 찹쌀을 쪄서 누룩가루와 청주를 넣고 발효시켜 빚은 술로 빛깔이 맑고 깨끗하여 붙여진 이름.

수륙재를 마치고 돌아왔다.

그날 이후로 조진국은 입덧이 나서 아무것도 통 먹지 못하게 되고 말았다. 물만 마셔도 찬 냄새가 난다 하고 물에서 진흙탕 냄새가 난다더니, 밥에서는 빕 냄새가 난다 하고 장에서는 장 냄새가 난다고 했다. 무엇을 갖다 줘도 입에 대지 못하더니 드디어 계집종을 불러 말했다.

"늦인득이 정하님아, 파릇파릇 동쪽 바다 미역나물도 먹고 싶고, 갈기갈기 서쪽 바다 청각나물도 먹고 싶구나."

늦인득이 정하님은 얼른 파릇파릇 미역나물과 갈기갈기 청각나물을 장만하여 조진국 앞에 내놓았다. 그렇지만 조진국은 한두 번 집어 먹고는 이내 젓가락을 내려놓았다.

"에구에구, 이것도 풀 냄새가 나서 못 먹겠구나. 동쪽 바다 큰 전복도 먹고 싶고, 서쪽 바다 작은 전복도 먹고 싶구나."

조진국이 말을 마치자마자 늦인득이 정하님이 동쪽 바다 큰 전복에 서쪽 바다 작은 전복에 대합까지 잡아다가 은장도로 네 귀퉁이 반듯반듯 잘라 은쟁반에 담아 가니 조진국은 한 번 두 번 집어 먹고는 금세 젓가락을 내려놓았다.

"에구에구, 짠물 냄새가 진동하여 이것도 못 먹겠구나. 시큼시큼한 정금나무 열매도 먹고 싶고, 맛 좋고 연한 다래도 먹고 싶고, 선득선득한 세금초도 먹고 싶구나."

늦인득이 정하님은 신산만산 깊은 산, 숲 속을 오르고 또 오르며 이 나무 열매 저 나무 열매를 찾아다니며 네 귀를 반듯하게 짜서 만든 금비단 주머니에 온갖 열매를 가득 따서 돌아왔다.

"상전님아, 상전님아! 이 나무 열매, 저 나무 열매 찾아다니던 중에 재수 좋게도 온갖 열매들을 보고는 가득 따서 왔습니다. 어서어서 드십시오."

조진국은 손을 뻗어 시큼시큼한 정금나무 열매를 한두 알 집어 먹더니 금세 손사래를 쳤다.

"이건 너무 시큼하여 이가 시려 못 먹겠다. 너나 먹어 버려라."

맛 좋고 연한 다래도 한두 알 집어 먹더니 금세 얼굴을 찌푸리고 말았다.

"이 다래는 나무 냄새가 너무 많이 나서 못 먹겠구나. 정하님아, 너나 먹어 버려라."

선득선득한 세금초도 한두 알 먹어 보더니 내던졌다.

"아휴, 이건 속이 시려서 도저히 못 먹겠다. 정하님아, 이것도 너나 먹어 버려라."

조진국은 힘든 세월을 그럭저럭 이겨 내며 아버지 몸에서 석 달 지낼 검은 피를 얻어 놓고, 어머니 몸에서 일곱 달 지낼 흰 피를 마련해 놓았다. 그리하여 둘을 합치니 아홉 달이 넘고, 열 달이 되어 만삭이 되었다.

- **정금나무** 진달랫과의 낙엽 활엽 관목. 높이는 이삼 미터며, 잎은 어긋나고 타원형이다. 육칠월에 꽃이 피어 구월경에는 녹색이던 열매가 점차 검붉은색으로 변한다. 열매는 새콤달콤한 맛이 난다.
- **세금초** 괭이밥을 이르는 사투리로 잎을 따서 씹어 보면 신맛이 많이 난다고 하여 시금초, 싱금초라고도 한다.
- **신산만산(神山滿山)** 산봉우리가 많은 산을 가리킬 때 상투적으로 쓰는 표현으로, 뒤에 오는 할로영산과 어울려 무가의 리듬을 만들어 낸다.

그러던 어느 날 진통이 시작되었다. 마침내 해산을 하고 보니 딸이 하나 나왔는데 앞이마엔 해님이 뒤통수엔 달님이 양어깨엔 샛별이 오송송히 박힌 듯한 천하일색이었다.

이 아기씨가 한두 살을 지나 세 살 되던 해에 조진국이 말했다.

"대감님아, 이 아기 이름을 무엇이라고 지어 둘까요?"

"조진국 부인님아, 자청하여 낳았으므로 아기 이름을 자청비(自請妃) 석 자로 지으면 어떻습니까?"

"좋습니다. 그렇게 하시지요."

신화 속 주인공들의 이름

네 이름은 뭐니?

김춘수 시인의 〈꽃〉을 보면, "내가 그의 이름을 불러 주기 전에는 / 그는 다만 / 하나의 몸짓에 지나지 않았다. // 내가 그의 이름을 불러 주었을 때 / 그는 나에게로 와서 / 꽃이 되었다."라는 구절이 있습니다. 이 시가 말하고 있는 것처럼 어떤 대상을 더 의미 있게 해 주는 것은 이름일 거예요. 우리는 저마다 이름이 있는 것처럼 우리 신화 속 주인공들에게도 제각각 의미 있는 이름이 있답니다. 〈세경본풀이〉의 주인공 자청비의 이름을 '자청하여 낳았으므로 자청비'라고 지은 것처럼 말이지요. 그러면 우리 신화 속 주인공들의 이름에 얽힌 사연을 한번 살펴볼까요?

생명과 탄생의 신, 당금애기

당금애기의 이름은 아버지인 해동조선의 왕이 지어 주었습니다. 꽃같이 어여쁜 딸아이를 낳았지만 이리저리 궁리해도 마땅한 이름자가 없어, '마땅히 딸을 낳았으니 마땅할 당(當), 이제야 원을 풀었으니 이제 금(今), 부모가 자식 귀여워하는 것은 한 살 먹으나 열 살 먹으나 한가지니 애기를 덧붙여 당금애기'라고 이름을 지었지요.

운명을 관장하는 신, 감은장애기

강이영성과 홍문소천은 동냥으로 어렵사리 살아가면서도 딸을 셋이나 두었습니다. 첫째는 동네 사람들이 은그릇에 메밀가루를 타 먹여 주어 은장애기, 둘째는 놋그릇에 메밀가루를 타 먹여 살려 놋장애기라 불렀지요. 셋째는 시커먼 나무 바가지에 메밀가루를 타 먹여 주어 '감은장애기'라 이름 지었습니다. 그런데 감은장애기가 태어난 뒤로 가난하던 집이 갑자기 잘되기 시작했답니다.

죽은 영혼을 저승으로 인도하는 신, 바리데기

오구대왕은 일곱째 공주의 울음소리도 듣기 싫다며 인적이 닿지 않는 곳에 내다 버리라는 무서운 명을 내립니다. 어머니 길대부인은 공주를 안고 첩첩산중에 들어가 공주를 버리기 전에 이름이나 지어 보자며, '낳자마자 버리는 자식이니 바리데기'라고 지었습니다. 길대부인은 손가락에 피를 내어 바리데기 이름 넉 자를 써서 아이 품속에 넣어 주었습니다.

원천강을 오가면서 사계절 소식을 전하는 시간의 신, 오늘이

옥처럼 고운 한 여자아이가 적막한 들에서 태어나 부모도 이름도 성도 나이도 모른 채 살았답니다. 하늘에서 학이 날아와 한쪽 날개를 깔고 또 다른 날개로 덮어 주고 먹을 것을 가져다줘서 살아왔다는 여자아이에게 마을 사람들은, '오늘 우리를 만났으니 오늘이'라고 이름을 지어 주었습니다. 마을 사람들은 오늘이의 가족이 되어 주었지요.

세상 사람들에게 집을 지어 나눠 주는 신, 성조씨 안심국

안심국의 이름은 어머니의 꿈에 노란 학을 타고 나타난 선관이 지어 주었습니다. 자신을 도솔천의 왕이라고 소개한 그는 어머니 꿈에 나타나서는 지극한 정성에 하늘이 감동하여 자식을 점지하러 왔다며 '아이 이름을 안심국, 별호를 성조씨'라고 알려 주었답니다.

운명적으로 만난 하늘나라 문 도령

한 살이 되자 어머니 품에 안겨 온갖 어리광을 다 부리더니, 두 살이 되자 아버지 무릎에 앉아 갖은 애교를 다 부리고, 세 살이 되자 자청비라 이름 얻고 친할머니 품에서 어리광을 부리더니, 네 살이 되자 친할아버지 무릎에 올라 온갖 어리광을 부리고, 다섯 살이 되자 외할머니 무릎에 앉아서 어리광을 부리더니, 여섯 살이 되자 외할아버지 무릎에 앉아 갖은 어리광을 부렸다. 이렇듯이 자청비는 갖은 사랑을 독차지하며 한 해 두 해 한 살 두 살 자라났다.

일곱 살에 자청비는 대장간에 들어가 목수 연장을 마련했다. 큰 톱 작은 톱 톱을 담고, 큰 도끼 작은 도끼 도끼를 담고, 곱자귀 귀자귀 자귀를 챙기고, 큰 끌 작은 끌 끌을 챙기고, 큰 대패 작은 대패 먹자 먹통 모두 모두 차려 들고 신산 숲으로 올라갔다. 그러고는 숲 속을 다니며 잎이 뾰족한 나무 베어다가 네 귀에 상투기둥을 세워 청기와를 얹고, 3층 계단 6층 계단 마련해 다락방을 지어 놓았다.

세월이 흘러 자청비가 열다섯 살이 되었다. 하루는 늦인득이 정하님이 후천당 연하못에서 빨래를 하고 돌아와 참실 밧줄을 네 귀에 걸어 놓고 깨끗하게 빤 빨랫감을 탁탁 털어 가지런히 널고 있었다. 그 모습을 유심히 지켜보던 자청비가 늦인득이 정하님에게 말을 걸었다.

"늦인득이 정하님아! 너는 어떻게 했기에 손발이 그렇게도 곱디고운 것이냐?"

자청비는 다락방을 짓고 나서 손발이 곱질 않아 정하님이 부러웠다.

"아기씨, 아기씨! 김진국 대감님 입던 옷, 아기씨 입던 옷, 머슴들 입던 옷을 모두 모아 후천당 연하못에 나가서 빨랫돌에 올려 두고 빨래를 하고 오니 손발이 고와졌답니다."

"애야, 그러면 내가 가서 빨래해도 손발이 고와지겠느냐?"

"아기씨, 아기씨! 우리 같은 종년도 맑은 물에 빨래를 하고 나면 손발이 고와지는데 상전님은 더욱 고와지겠지요."

"그렇다면 나도 얼른 빨래하러 가야겠다."

- **곱자귀 귀자귀** 나무를 깎아 다듬는 연장의 하나로 곱자귀는 굽은 자귀, 귀자귀는 날이 있는 쪽이 넓적한 자귀를 이르는 제주 방언.
- **끌** 망치로 한쪽 끝을 때려서 나무에 구멍을 뚫거나 겉면을 깎고 다듬는 데 쓰는 연장.
- **상투기둥** 위를 상투처럼 내민 장부나 촉을 만들어 도리에 뚫은 구멍에 끼우게 된 기둥. 보를 꿰뚫고 도리에 끼운다.
- **후천당 연하못** 후천당은 집이나 마을 뒤편에 있는 연못이며 연하못은 그 못의 이름이다.

자청비는 늦인득이 정하님 말을 듣자마자 김진국 입던 옷에, 조진국 입던 옷에, 자기가 입고 있던 새 옷도 벗어 놓고, 집 안 여기저기 이리저리 돌아다니며 부랴부랴 빨랫감을 모으고 모았다.

"종늘도 모두 옷을 벗어 놓아라. 늦인득이 정하님아, 너도 얼른 옷을 벗어라."

자청비는 아홉 말이 들어가는 커다란 바구니에 굵은 말총 밧줄을 둘러 어깨에 짊어지고 동백나무 빨랫방망이를 끼고는 후천당 연하못에 올라가서 빨래를 시작했다. 자청비가 손발이 고와질 생각에 부지런히 빨래를 하는데 하늘 옥황에서 문국성 문 도령이 내려와 서울로 글공부 재주공부 떠나던 중에 연하못 근처를 지나게 되었다. 문 도령은 자청비가 연못가에 앉아 빨래하는 모습을 보았다. 슬쩍 본 얼굴이 천하일색이라 남자의 기백이라면 차마 그냥 지나칠 수가 없었다.

'그 아기씨 참 곱기도 곱구나! 그냥 지나치기 아쉬우니 물이나 달라하여 얻어먹고 가야겠다.'

문 도령은 속으로 생각하며 자청비에게 다가가 말을 붙였다.

"목이 마른데 물 한 바가지 먹을 수 있겠소?"

자청비는 놀라는 기색 없이 바가지를 두세 번 씻어 물을 가득 뜬 후 갈댓잎을 몇 잎 띄워 건넸다.

문 도령이 물바가지를 받아 들고는 못마땅한 표정으로 입을 열었다.

"거참, 그 아기씨, 얼굴은 곱디고운데 마음속은 그렇지 못하네."

"아니, 어찌하여 제 얼굴과 속마음이 같질 않다는 것입니까?"

"사람에게 주려는 물에 티끌이 있으면 마땅히 건져 내야 옳거늘 어

찌하여 아기씨는 맑은 물에 도리어 티끌을 올려놓는 것이오?"

"도령님아, 도령님아! 하나는 알고 둘은 모르는 도령님아! 먼 길을 가느라 목이 말라 속이 바짝바짝 타 보이는데 이런 때에 물을 그냥 드리면 허겁지겁 마실 것 아닙니까. 그러다 보면 물 마시다 물병이 날 것이고, 손에는 손병이 날 것이고 발에는 발병이 날 것입니다. 모든 병에는 약이 있고, 온갖 체한 데에도 약이 있으나 물로 체한 것에는 약이 없습니다. 이렇게 나뭇잎을 띄워 두고 물을 마시면 잇몸으로 조심조심 쪽쪽 빨아 먹게 되어 물을 마셔도 물로 체할 일이 없을 것이고, 손발에도 병이 날 일이 없는 것입니다."

문 도령은 마시기 싫은 물을 목이 말라 반가운 듯 받아 자청비가 일러 준 대로 잇몸으로 쪽쪽 세 모금을 빨아 먹었다. 그런 다음 바가지를 내려놓고 다시 길을 떠나려 하니 자청비가 입을 열었다.

"그런데 어디로 가시는 선비입니까?"

"나는 하늘 옥황에 있는 문선왕의 아들 문국성 문 도령인데 서울로 글공부 재주공부하러 가는 길이오."

자청비가 그 말을 듣고 놀라는 듯하더니 곧바로 입을 열었다.

"그렇다면 여기 앉아 조금만 기다리지 않겠습니까? 제게 오라버니가 있는데 서울로 글공부 가려고 삼 년 내내 별렀지만 함께 길을 떠날 벗이 없어 아직도 못 가고 있습니다. 제가 얼른 집에 가서 오라비를 보내거든 서로 함께 벗을 삼아 글공부를 마치고 오는 것이 어떻겠습니까?"

"그러하다면 그렇게 하지요."

자청비는 말을 마치자마자 빨래를 거두어 짊어지고 서둘러 집으로 돌아왔다. 그러고는 어머니 방에 달려 들어가 다짜고짜 물었다.

"어머니, 어머니! 여자는 공부를 하면 안 되는 것입니까?"

"어째서 못하겠느냐! 하고 싶거든 하려무나."

어머니의 허락을 받은 자청비는 이번에는 부리나케 아버지 방으로 들어가 물었다.

"아버지, 아버지! 여자는 공부를 하면 안 되는 것입니까?"

"왜 못하겠느냐! 하고 싶거든 해라."

어머니 아버지 승낙을 얻은 자청비는 자기 방으로 달려가 입고 있던 여자 옷을 후다닥 벗고, 남자 옷을 꺼내 갈아입었다. 비단같이 곱고 긴 머리는 풀어 동백기름을 발라 댕기로 올려 맸다. 발끝이 뾰족하게 솟은 코잽이버선과 검은 꽃당혜를 찾아 신고, 일천 장 벼룻돌에 삼천 장 먹을 아름 가득, 책도 아름 가득, 붓도 잔뜩 쥐어 호주머니 가득 담아서는 서둘러 후천당 연하못으로 향했다.

연하못가에 도착하니 문 도령이 그 자리에 그대로 앉아 있었다. 자청비는 목소리를 걸걸하게 가다듬고는 시치미를 뚝 떼고 입을 열었다.

"나는 김 도령이라고 합니다. 조금 전에 우리 누이가 서울로 글공부 재주공부하러 가는 도령님이 있으니 내게 벗 삼아 같이 가서 공부하고 오는 것이 어떠냐고 해서 왔는데 과연 도령님이 한 분 앉아 계시는군요. 아까 우리 누이가 본 도령이 맞으신지요?"

• **꽃당혜** 여러 가지 빛깔을 넣어 곱게 만든 어린아이의 마른신. '당혜'는 울이 깊고 앞코가 작은 가죽신으로, 흔히 앞코와 뒤꿈치 부분에 꼬부라진 눈을 붙이고 그 위에 덩굴무늬를 새겼으며 남녀 모두 신었다.

혼자 멀뚱히 앉아 있던 문 도령은 곱상한 도령이 나타나 자신을 찾자, 반색하며 말했다.

"내가 바로 그 사람이오. 자네 얼굴도 매우 고운 것이 아까 금방 빨래하러 온 그 아기씨랑 꼭 같이 생겼구려."

"도령님아, 도령님아! 하나는 알고, 둘은 모르는 도령님이로구나. 한 배에서 태어난 돼지도 생김새가 같고, 동백나무 가지 끊어 마디를 잘라 쪼개 보아도 가지런한 것이 꼭 같지 않습니까? 그러니 어찌 한 어머니, 한 아버지에게서 태어난 자식들이 아니 닮겠습니까?"

"그 말 듣고 보니 그럴듯하오."

김 도령으로 변장한 자청비는 이렇게 하여 문 도령과 금세 벗이 되어 함께 서울로 글공부 재주공부를 하러 길을 나섰다. 몇 날 며칠을 걸려 서울에 도착한 자청비와 문 도령은 일천서당을 찾아가 삼 년을 계약하고 한 선생 밑으로 나란히 입학하게 되었다.

선생은 함께 들어온 자청비와 문 도령을 불러 말했다.

"김 도령과 문 도령은 이제부터 한방에서 글도 함께 배우고, 잠도 같이 자고, 밥도 한솥에 먹으며 지내도록 하여라."

"네, 선생님 말씀대로 하겠습니다."

그날부터 함께 지내게 된 자청비와 문 도령은 한솥밥을 먹고, 한방에서 잠을 자고, 똑같이 글공부를 했다. 시간이 지나자 자청비는 마

* **일천서당(一千書堂)** 천 명의 선비가 공부하는 서당이라는 뜻으로 붙인 이름.

음 한편이 불편했다. 이렇게 계속 가까이하다가는 자신이 여자라는 것이 들통 날 것 같았기 때문이었다. 그러던 어느 날, 문 도령과 나란히 앉아 공부하던 자청비가 꾀를 내어 말을 꺼냈다.

"이보게, 문 도령아! 우리가 부모님을 하직하고 먼 길을 떠나 공부하러 이곳까지 왔는데 한 글자라도 더 명심하여 열심히 공부하는 것이 옳지 않겠는가?"

"그것은 그렇지."

문 도령이 대답을 하자마자 자청비는 물동이에 물을 한가득 길어 와서는 물동이 언저리에 젓가락을 걸쳐, 이불 사이에 놓았다.

"지금부터 이것을 건드려서 젓가락이 떨어지면 글을 써도 엉망이 될 것이니 절대 이 물동이를 넘어오면 안 되네."

문 도령은 성품이 원체 고지식한지라 그 말을 듣고 난 뒤, 옆구리를 세워 한쪽으로 돌아누워서는 혹시나 물동이에 몸이 닿을까 이러지도 못하고 저러지도 못한 채 잔뜩 웅크렸다. 시간이 지나자 문 도령은 다리가 짜릿짜릿 저리고, 웅크린 허리는 욱신욱신 쑤셨지만 돌아눕지 못하고 뜬눈으로 밤을 지새워야만 했다. 반면 한결 속이 편해진 자청비는 이리 돌아누워 쌔근쌔근, 저리 돌아누워 씨근씨근 문 도령의 애타는 속은 모른 채 달게도 잠을 잤다.

날이 밝자 문 도령과 자청비는 자리에서 일어나 식전에 선생 앞으로 글을 지으러 갔다. 하지만 문 도령은 물동이를 피하느라 밤새 잠을 설친 탓에 정신이 휘황하여 엉망으로 글을 썼다. 밤새 실컷 잠을 잔 꾀 많은 자청비는 좋은 글을 술술 쓰니 듣는 것이 모두 칭찬이었다.

이럭저럭 두세 달이 되어 가던 어느 날, 자청비를 지켜보던 선생은 의심쩍은 표정으로 중얼거렸다.

"흠, 김 도령은 이리 보아도 여자로 보이고, 저리 보아도 여자로 보인단 말이야. 앉는 모습을 보아도 여자 같고, 걸음걸이를 보아도 여자 같고, 목소리를 들어도 여자 같으니……."

하루는 선생이 자청비를 불러 놓고 말을 꺼냈다.

"김 도령아! 너는 이리로 보나 저리로 보나 여자로 보이는구나. 아무리 살펴봐도 여자로 보이는구나. 너는 어찌하여 그렇게 젖가슴이 불룩하단 말이냐?"

"선생님, 선생님! 우리 부모님 역시 이러하옵니다."

"그렇다면 이리 와 보아라. 내가 한번 만져서 확인해 봐야겠다. 남자라면 가슴이 딱딱할 것이오, 여자라면 가슴이 부드러울 것이니라."

그러자 자청비는 사지에 잔뜩 힘을 주고 다가갔다. 선생은 자청비의 가슴팍을 만져 보고는 가슴이 남자처럼 딱딱하자 고개를 갸우뚱했다. 그러고는 입을 열었다.

"남자가 분명하구나."

그래도 선생의 마음엔 의심쩍은 생각이 떠나지 않았다.

어느 날 또다시 의심 많은 선생은 자청비와 문 도령을 모두 불러 놓고 꾀를 내어 시합을 시키기로 했다.

"두 사람은 위아래 옷을 모두 벗고 달리기 시합을 해 보아라."

자청비는 당황스러운 기색을 애써 감추고는 태연히 입을 열었다.

"선생님 뜻이 그러하시다면 한번 해 보겠습니다. 그런데 원래 서울

법은 이러합니까? 옷을 모두 벗어 두고 달리기를 합니까? 우리 고향에서는 아버지 몸에서 뼈를 얻고 어머니 몸에서 살을 얻어 어머니 배 속에서 아홉 달 열 달 만삭 차고 열두 구멍 팔대문을 열어 밝은 세상에 두 주먹 불끈 쥐고 나오면 어머니가 고운 기저귀를 마련하고, 난 지 삼일이 되면 봇디창옷을 지어 입히고, 두세 살이 되면 노봉옷을 지어 입히고, 일곱 살이 되면 위아래 옷을 모두 지어 입힙니다. 선생님을 만나 글공부 재주공부뿐 아니라 바른 행실을 배우려고 했는데 벗고 지내던 옷을 입으라면 몰라도, 입고 지내던 옷을 벗고 뛰라니 이상하지만 그렇게 하겠습니다."

자청비의 말을 듣고 난 선생은 머쓱해 하며 다시 입을 열었다.

"그렇다면 옷일랑은 벗지 말고 칡베바지에 적삼을 지어 입고 달리기 경주를 해 보아라."

"그럼, 그렇게 하겠습니다."

대답을 마친 자청비는 뒷집에 사는 청태산 마귀할망네 청대나무 밭에 들어가 굽은 칼로 왕대를 베어 눕혔다. 왕대 한 마디를 잘라 참실 줄로 꿰어 두고 청대나무 밭을 살폈다. 그때 주먹만큼 큰 소라 껍데기 두 개가 눈에 띄자 꼭지에다 구멍을 뚫고 왕대나무 마디와 함께 참실 밧줄로 꿰어 사타구니에 단단히 매달았다. 일을 마친 자청비는 칡베바지를 입고 적삼을 걸치고 달리기 시합을 하러 나왔다.

* **봇디창옷** 생후 사흘이 되어 입히는 배냇저고리.
* **칡베바지** 칡처럼 굵은 베로 만든 바지.

시합을 앞두고 선생이 말했다.

"달리기를 할라치면 여자는 종아리가 무거워 남자보다 뒤처지고 남자는 종아리가 가벼워 여자를 앞지르기 마련이란다."

하지만 막싱 달리기 시합을 하고 보니 자청비가 앞서고 문 도령이 뒤처졌다. 그러자 선생은 미심쩍어 하며 다시 말했다.

"이번에는 김 도령과 문 도령이 씨름이나 한판 해 보아라."

선생은 이번에는 자청비가 여자인지 남자인지를 확실히 알아보려고 일부러 씨름을 시켰다. 하지만 겨룰 때마다 문 도령이 넘어졌다.

'아무리 보아도 김 도령은 여자로 보이는데 이거 참 이상한 일이구나.'

선생은 속으로 이렇게 생각하며 또 다른 겨루기를 시켰다.

"그렇다면 다 제쳐 두고 오줌 싸기 시합을 한번 해 보아라."

"그럼 해 보겠습니다."

자청비는 먼저 대답하고 나서 재빨리 대나무 붓자루를 하문에 꾹 누르고 힘주어 오줌을 갈겼다. 그러자 오줌 줄기가 열두 집채를 가볍게 넘어갔다. 뒤따라 문 도령도 힘주어 오줌을 갈겼는데 문 도령의 오줌 줄기는 여덟 집채만을 겨우 넘어갔다. 마침내 선생은 자청비에 대한 의심을 풀고 자청비에게 상품까지 주었다. 자청비는 기뻐하며 상품을 받았지만 문 도령은 눈만 멀뚱멀뚱하게 뜨고 앉아 있었다.

∘ **하문**(下門) 여자의 성기.

문 도령과 몰래 맺은 하룻밤 인연

하늘 옥황에서는 문선왕이 아들 문 도령에게 보낼 편지를 쓰고 있었다.

문국성 문 도령아! 서수왕의 집안과 우리 집안이 사돈을 맺기로 약속했으니 어서 돌아와 서수왕의 셋째 딸에게 장가들도록 하여라.

문선왕은 편지를 고이 접은 다음 새 날개에 끼워 문 도령이 있는 곳으로 내려보냈다. 문 도령을 찾은 새는 무릎에 편지를 떨어뜨리고 이내 높이 날아갔다. 갑작스러운 일에 놀란 문 도령은 얼른 편지를 펼쳤다. 그것은 서수왕 막내딸에게 장가가라는 하늘 옥황 아버지의 편지였다. 문 도령은 편지를 들고 서둘러 선생에게 소식을 전했다.

"선생님, 선생님! 하늘 옥황 문선왕 아버지께서 제게 편지를 보내셨습니다."

선생이 편지를 펼쳐 읽어 보니 문 도령을 장가보낸다는 내용이었다. 선생은 고개를 끄덕이며 문 도령에게 말했다.

"좋은 일이다. 어서 하늘 옥황으로 돌아가 부모님 뜻을 따르거라."

선생의 허락을 받은 문 도령은 서둘러 짐을 꾸린 다음 선생에게 하직 인사를 하고 길을 나섰다.

문 도령의 사연을 알게 된 자청비는 제 맘대로 그럴듯한 편지 한 장을 다듬어 허둥지둥 선생 앞으로 달려갔다.

"선생님, 선생님! 저희 아버지께서도 편지를 보내셨습니다."

"정말이냐? 어디 한번 읽어 보자."

자청비가 건넨 편지를 선생이 읽어 보니 눈을 찌르는 구절이 있었다.

김 도령아! 김 도령아! 어서어서 돌아와서 너의 얼굴 밝은 얼굴 보자꾸나. 네가 집을 떠난 후로 너희 어미 중병 들어 오늘내일하신다. 어서어서 돌아와서 네 어미 좀 보아라.

편지를 다 읽은 선생은 상황이 가볍지 않다는 것을 알고는 자청비에게도 서둘러 집으로 돌아가라고 일렀다.

자청비는 곧바로 선생에게 하직 인사를 드리고는 채비를 차렸다. 혹시라도 문 도령을 놓칠까 봐 재빨리 짐을 꾸려 집 밖을 나서는데 웬일인지 문 도령은 그제야 큰 대문 앞을 겨우 지나고 있었다.

"문국성 문 도령아! 거기 있게. 나랑 같이 떠나세."

자청비는 반가운 마음에 큰 소리로 문 도령을 부르며 뛰어갔다. 그 모습을 본 문 도령은 눈이 휘둥그레져 말했다.

"김 도령아, 자네는 어찌하여 떠나는 것인가?"

"우리 아버지도 편지를 보내셨는데 선생님께서 편지를 받아 보시더니 내게도 서둘러 가라고 했다네. 우연치고는 참 신기한 일이네. 같이 공부하러 왔다가 같이 떠나다니."

자청비와 문 도령은 나란히 손을 잡고 내려오다 처음 만났던 후천당 연하못가에 이르게 되었다. 그러자 자청비가 얼른 말을 꺼냈다.

"문국성 문 도령아! 우리가 삼 년 내내 서울에서 그늘에 앉아 글공부만 했으니 몸에 눌어붙은 때가 얼마나 많겠는가. 우리가 처음 만났던 이 물에서 목욕이나 하고 가세."

"그럼 그렇게 하세."

그러자 자청비가 다시 말을 꺼냈다.

"문국성 문 도령아! 공부도 나보다 뒤떨어지고, 달리기도 나보다 뒤처지고, 씨름도 나를 못 이기고, 오줌 줄기도 나보다 약하니, 자네는 저기 끝에 가서 목욕을 하게. 나는 윗물에서 목욕을 하겠네."

자청비의 말을 들은 문 도령이 달갑지 않은 목소리로 말했다.

"왜 그렇게 하는가? 같은 물에서 같이 앉아 서로 등도 밀어 주면 좋지 않은가?"

"나는 싫네. 그렇게는 아니할 거네."

"그래? 그렇다면 나도 싫네."

결국 문 도령은 아랫물로 가고 자청비는 윗물로 가서 제각각 목욕을 하기로 했다. 아랫물에 몸을 담근 문 도령은 오랜만에 흠씬 젖어 양 손발의 때를 밀며 몸을 씻느라 정신이 없는데 윗물로 간 자청비는 윗물가에 발없이 앉아 몸에 물을 적시는 듯 마는 듯했나. 그러고는 무엇이 답답한지 가슴을 탕탕 치더니 배나무 잎 하나를 따와 그 위에 몇 자 글을 적었다.

문국성 문 도령아! 글공부 재주공부 함께하며 한솥으로 밥을 먹고 한 방에서 잠을 자며 삼 년 내내 같이 있었는데 남녀 구별법도 모르더냐?

잎사귀 가득 글귀를 적은 자청비는 흐르는 물에 잎사귀를 둥실 띄워 두고 급히 떠날 채비를 했다. 채비를 차린 자청비는 책 보따리를 둘러메고 길을 나서며 소리쳤다.

"문국성 문 도령아! 어서 가세. 나는 먼저 가겠네."

"김 도령아! 어찌 먼저 가나? 기다리게나."

"그럼 빨리 오게나."

자청비는 무척이나 바쁜 모양으로 문 도령이 있는 아랫물 옆을 휙 지나가 버렸다. 다급해진 문 도령이 허둥지둥 몸을 씻고 일어서려는데 위쪽에서 글귀가 가득 적힌 나뭇잎이 둥실둥실 떠내려 왔다. 문 도령이 고개를 갸웃하며 얼른 건져 보니 자청비가 글을 지어 띄운 것이었다. 하지만 문 도령은 글을 읽고도 연신 고개를 갸웃거렸다.

"대체 이게 무슨 말인고?"

문 도령은 서둘러 자청비를 쫓아가려고 나뭇잎을 한 손에 들고 물 밖으로 풍덩풍덩 뛰어나왔다. 하지만 급하게 옷을 입으려 하자 맘대로 될 리가 없었다. 한쪽 바짓가랑이에 양쪽 다리가 들어가고 저고리는 자꾸 뒤집어졌다. 다리를 급히 빼내어 두 가랑이에 집어넣고, 허리띠 칠 짬이 없어 바지허리는 굽이쳐 잡고, 대님 칠 틈이 없어 바짓가랑이는 확 걷어 올리고, 대님과 허리띠는 대충 손에 거머쥔 채 허겁지겁 달려가며 소리를 질렀다.

"김 도령아! 기다리게. 같이 가세."

"어서 오게나. 뭘 그리 허겁지겁하고 있는가?"

"물어볼 말이 있네. 나뭇잎에 적어 놓은 글귀는 무슨 뜻인가?"

"글귀 그대로라네. 자네는 아직도 모르겠는가?"

문 도령은 걸음을 멈추고 자청비를 유심히 바라보았다. 그제야 도령의 옷을 입은 자청비의 얼굴에서 삼 년 전 후천당 연하못가에서 물바가지 건네주던 얼굴 고운 아가씨가 나타났다. 문 도령은 제 가슴을 꽝꽝 두드리며 소리쳤다.

"아, 그동안 내가 왜 몰라봤을까!"

문 도령은 연방 좋아하며 가슴을 쳤다. 이제 문 도령의 눈앞에 씩씩한 자청비는 사라지고 두 볼이 발그레한 자청비만 서 있었다.

가슴이 들뜬 문 도령과 속이 후련해진 자청비가 서울서 공부하던 이야기를 나누며 웃고 떠드는 동안 어느덧 두 사람은 자청비네 집 앞에 이르렀다. 그때 자청비가 문 도령의 손을 꼭 잡고 말했다.

"이제는 내 정체를 그대도 알고 나도 알고 하늘도 알고 땅도 알았으

니 다른 길이 없네요. 여기 노둣돌 위에 잠시만 앉아 있으면 내가 집으로 들어가 여자 옷 한 벌 지어 올 테니 여자 옷으로 갈아입고 나랑 같이 집으로 들어가요."

그 말은 문 도령에게 듣던 중 반가운 소리였다.

"그렇게 하지요."

얼른 대답을 마친 문 도령은 노둣돌 위에 앉아 자청비를 기다렸다. 그사이 제 방으로 달려간 자청비는 그동안 입었던 남자 옷을 얼른 벗고 원래 입던 여자 옷을 찾아 입고는 반갑게 어머니 방으로 들어갔다.

"어머니, 어머니! 여자인 제가 서울에서 글공부 재주공부하고 돌아왔습니다."

"아이고, 자청비야! 이제야 돌아왔구나. 그동안 고생했다. 공부도 할 만큼 했으니 집문서도 받고, 밭문서도 받고, 종문서도 받아라. 이제 네가 우리 집의 상속자가 아니냐?"

그다음 아버지 방으로 들어가서 인사를 드렸다.

"아버지, 아버지! 비록 제가 여자로 태어났지만 서울까지 올라가서 글공부 재주공부 마치고 돌아왔습니다."

"자청비야, 장하구나! 자, 여기 집문서도 받고, 밭문서도 받고, 종문서도 받아라. 네가 우리 집의 상속자가 되었다."

아버지에게 인사를 마친 자청비는 다시 어머니 방으로 가서 어머니 손을 붙잡고 문 도령 이야기를 꺼내었다.

"어머니, 어머니, 고운 우리 어머니! 하늘 옥황의 무남독녀가 서울에서 저와 같이 삼 년 내내 함께 지내며 공부하고 돌아오다 발에는 발병이 나고 손에는 손병이 나서 못 가고 있답니다. 오늘 밤 저와 같이 우리 집에 머물러도 될까요?"

"그렇다면 그 아이가 남자냐 여자냐?"

"어머니, 어머니! 여자와 남자가 어찌 같이 지내며 글공부를 할 수 있겠어요? 여자가 맞습니다."

"그렇다면 나이는 열다섯이 넘었느냐, 넘지 않았느냐?"

"열다섯은 아직 넘지 않았어요. 저와 동갑이랍니다."

"그렇다면 오늘 밤은 자고 가라 하여라."

어머니의 승낙을 받은 자청비는 몹시 기뻐하며 여자 옷을 들고 급히 문밖으로 나갔다. 문 도령은 아직 문밖 노둣돌 위에 앉아 있었다.

자청비는 문 도령에게 여자 옷을 입혀 주며 단단히 일러 주었다.

"우리 아버지가 열다섯이 넘었는지 안 넘었는지 묻거든 아직 넘지 않았다고 대답하세요."

"그렇게 하지요."

문 도령은 자청비가 일러 준 말을 생각하며 집 안으로 들어가 자청비 부모에게 인사를 드렸다.

"저는 자청비와 함께 서울에서 글공부 재주공부를 한 친구입니다."

"나이는 열다섯을 넘었는가, 안 넘었는가?"

"열다섯 안쪽입니다."

"그렇다면 자청비 방에 가서 머물게."

자청비는 문 도령 손을 잡고 자기 방으로 데리고 들어갔다.

칠첩반상에 농잔에 응노대, 한 번 고아 자소주 두 번 고아 불소주

세 번 고아 환화주, 저녁상이 가득 차려지자 자청비는 문 도령 손목을 꼭 잡고 말했다.

"문 도령아, 문 도령아! 우리 함께 저녁상을 받았으니 오늘 밤은 놀음놀이나 하며 지새웁시다."

"좋지요. 그럽시다."

"문 도령아, 문 도령아! 첫 잔은 인사 술이요, 둘째 잔은 대접 술이요, 셋째 잔은 친구 되는 술이랍니다."

두 사람이 한 잔 한 잔 술 석 잔을 모두 나누어 마신 뒤 자청비가 다시 입을 열었다.

"그대와 내가 오늘 밤 천생배필을 맺는 것이 어떠하오?"

"그거, 바라던 일이오. 같이 누워 봅시다."

술 석 잔을 나누어 먹고 같이 누워 보니, 둘 다 술이 거나하게 취하여 날이 밝는 줄도 모르고 깊이 잠이 들었다.

새벽녘 문 도령이 먼저 깨어 밖을 보니 먼동이 훤히 밝아 오고 있었다. 문 도령은 서둘러 자청비를 깨웠다.

- **칠첩반상** 밥, 국, 김치, 장류, 조치 이외에 숙채, 생채, 구이, 조림, 전유어, 마른반찬, 회 따위의 반찬을 담은 접시가 일곱인 밥상. 또는 그런 밥상에 쓰는 그릇 한 벌.
- **농잔** 술잔의 일종.
- **응노대** 술잔대, 술잔 받침.
- **자소주** 차조기, 계피 등을 우려낸 물을 소주에 타서 만든 음료.
- **불소주** 도수가 불처럼 높은 소주.
- **환화주** 불소주보다 더 독한 술.
- **놀음놀이** 즐겁게 노는 일.

"자청비야, 자청비야! 나는 지금 옥황으로 올라가야겠구나."

자청비는 그 말을 듣고 다짐하듯 말했다.

"문국성 문 도령아! 지금 꼭 가야 하면 신표나 두고 떠나시오."

그러자 문 도령은 복숭아씨 두 알을 주머니에서 꺼내 주며 말했다.

"이 복숭아씨를 그대 집 장독 뒤에 심어 나무가 자라고 열매가 열려 잘 익으면 그것을 따 먹고 춘삼월 좋은 날에 밝은 얼굴, 홍안을 우리 서로 마주합시다."

이번엔 자청비가 문 도령에게 정자나무 씨 두 알을 주면서 말했다.

"문국성 문 도령아! 이 정자나무 씨를 심어 나무가 크고 꽃이 피면 나를 보듯 보세요."

자청비와 문 도령은 아쉬운 마음을 뒤로하고 이별을 했다. 문 도령은 훌쩍 말을 타고 하늘 옥황을 향해 날아 올라가 버렸다.

자청비는 문 도령이 떠나간 뒤로 복숭아씨를 정성껏 심었다. 하지만 나무가 자라 탐스러운 복숭아가 주렁주렁 열리고, 복숭아를 몇 번이나 새로 따 먹어도 문 도령은 아무 연락이 없었다. 자청비는 편지 한 장 없이 고운 얼굴 한 번, 젊은 얼굴 한 번 마주 보지도 못한 채 하루하루를 보내야 했다.

- **신표**(信標) 뒷날에 증거로 삼기 위하여 서로 주고받는 물건.
- **홍안**(紅顔) 붉은 얼굴이라는 뜻으로, 젊어서 혈색이 좋은 얼굴을 이르는 말.
- **정자나무** 집 근처나 마을 어귀에서 정자 노릇을 하는 나무.

헤어지며 나누는 물건

다시 만나기를 약속하며

꿈같은 하룻밤을 보낸 문 도령과 자청비는 기약 없는 이별을 맞이합니다. 문 노령은 복숭아씨 두 알을, 자청비는 정자나무 씨 두 알을 서로에게 내어 주면서 다시 만나기를 약속하지요. 이처럼 우리 옛이야기에는 등장인물 사이의 이별과 재결합의 모습이 무척 다양하게 나타납니다. 헤어졌던 이들은 오랜 세월이 지난 후 다시 만나게 되는데, 뒷날에 증거로 삼기 위해 서로 물건을 주고받는답니다.

헤어질 때 나누는 물건

주로 박씨, 칼, 시를 적은 옷자락이나 종이, 거울, 돌멩이, 부채, 빗, 피리, 반지, 구슬 등이 이별하는 이들 사이에 오고 갔는데, 물건 외에도 만남을 기약할 수 있는 것이 있었습니다. 신분을 알 수 있는 신체상의 흔적이나 신체의 특징, 즉 점이나 사마귀, 흉터, 죄인의 낙인, 부족의 문신 등이 확실한 증거가 되기도 했지요. 동명왕 신화에 등장하는 유화의 '입술 석 자'도 하나의 신표라고 볼 수 있습니다.

신물(信物) 이별을 앞두고 재결합할 때를 생각하며 신분을 확인하기 위해 주고받는 물건이나 처음 만났을 때 신의를 약속하며 주고받는 물건이 여기에 해당합니다. 사람과 사람 사이에 사적으로 주고받는 것으로 옥지환, 구슬 등이 신물에 속합니다.

정표(情標) 재결합을 위해서라기보다 이별 전까지의 애정을 기리기 위해서 사랑하는 남녀가 주고받는 물건을 의미합니다. 《춘향전》의 거울과 옥가락지처럼 단순히 정표로 준 물건이라도 뒷날 재결합을 하게 될 때 신분 확인의 증거로 쓰입니다.

신표(信標) 소속된 사회 집단에서의 신분과 위치를 알 수 있는 공인된 표지를 의미합니다. 전쟁터에 나가는 주인공들이 천자로부터 하사받는 부월(斧鉞)이나 인검(印劍) 등이 여기에 속하며, 신분이나 직책을 보증하는 일종의 신분증입니다.

나누어 가질 물건의 조건

첫째, 오랜 세월이 지나 다시 만났을 때 필요한 것이므로 모양이나 형태가 변하지 않는 것이어야 합니다.
둘째, 이별할 때 쉽게 줄 수 있어야 하므로 몸에 지니고 있기에 적합하고 크기가 작을수록 좋습니다.
셋째, 주는 사람의 입장에서 생각해 볼 때 귀하고 가치가 있는 것이어야 합니다.
넷째, 절반으로 나누어지거나(半分) 합하여 하나가 되는(合一) 것이어야 합니다.

옛이야기에 등장하는 약속의 물건들

〈천지왕본풀이〉 인간 세상을 둘러보던 천지왕은 곱디고운 총명아기를 만나고 배필로 맞이합니다. 그렇게 사흘을 머문 천지왕은 박씨 두 알을 남긴 채 아내와 이별하고 하늘로 향하지요. 뒷날 천지왕의 아들 대별과 소별은 박씨를 뿌리고 그 순을 따라가 아버지를 만나고 신직을 부여받습니다.

〈설씨녀 설화〉 신라 진평왕 때 율리에 사는 설씨녀는 병든 자신의 아버지를 대신해 수자리를 살러 가는 가실에게 거울을 반으로 나누어 주며 뒷날을 약속합니다. 6년 만에 가실이 돌아왔으나 고생으로 초췌해진 가실의 얼굴을 알아보는 사람은 아무도 없었습니다. 결국 가실은 거울 조각을 내보이고 설씨녀와 연을 맺습니다.

《소대성전》 대성은 장모의 박해를 받고는 처갓집을 떠나게 됩니다. 그는 자신이 떠날 수밖에 없었던 상황을 알리는 글을 써서 벽에 붙여 놓고 길을 나서지요. 부인 이 소저는 이 벽서를 떼어 간직하고 있다가 세월이 지난 뒤에 이것을 증거로 자신이 대성의 부인임을 알립니다.

외로운 자청비와 하인 정수남의 싸움

그러던 어느 날, 심심하고 적적하여 이웃집에 놀러 간 자청비는 그 집 마당 한편에 마른 나무 쉰 동, 젖은 나무 쉰 동을 층층이 쌓아 놓은 것을 보았다. 자청비는 제 집 마당은 텅텅 빈 것이 떠올라 얼른 집으로 돌아와 어머니를 찾았다.

"어머니, 어머니! 제가 이웃집에 놀러 가 보니 그 집 종은 마당에 나무를 한가득 쌓아 놓았더군요. 그런데 우리 집 종놈 정이 없는 정수남은 염통 같은 보리밥에 삼나무 키울 만큼 기름진 된장을 하루에 몇 섬씩 먹으면서도 무엇을 한단 말입니까?"

부아가 치민 자청비는 말을 마치자마자 정수남을 찾아 소리쳤다.

"정이 없는 정수남아! 이놈 저놈 괘씸한 놈아! 다른 집에 가 보니 마른 나무도 쉰 동, 젖은 나무도 쉰 동 차곡차곡 쌓여 있더라. 너는 도대체 무엇을 하고 있느냐?"

정이 없는 정수남은 화가 난 자청비를 보고 얼른 눈치를 살피며 속으로 생각했다.

'문국성 문 도령이 떠난 뒤로 소식이 없어 답답하고 화가 난 걸 풀 데가 없으니 공연히 나한테 시비를 거는구나.'

정이 없는 정수남이 자청비에게 말했다.

"상전님, 상전님, 그러면 제게도 소 아홉 마리, 말 아홉 마리와 황구도끼를 마련해 주십시오. 그럼 저도 나무를 한가득 해 오겠습니다."

"늦인득이 정하님아. 정수남한테 구제기잠방이 적삼을 만들어 입히고, 황구도끼 챙겨 주고, 소 아홉 마리, 말 아홉 마리를 마련해 주어라."

늦인득이 정하님은 자청비가 시킨 대로 구제기잠방이에 적삼을 지어 정이 없는 정수남에게 입히고, 황구도끼는 물론 소 아홉 마리, 말 아홉 마리를 마련하여 두었다. 그러고는 아침밥을 후닥후닥 지어 놓고, 점심 도시락까지 모두 차려 놓았다. 정수남은 바가지같이 큰 입에 밥을 뚝딱 털어 넣고서는 의기양양 입을 열었다.

"그럼, 이제부터 서천꽃밭에 가서 나무를 해 오겠습니다. 제가 나무를 하면 하루에 열여덟 바리, 이틀에 서른여섯 바리는 거뜬히 할 것이니 그리하여 오겠습니다."

- **동** 물건을 묶어 세는 단위. 굵게 묶어서 한 덩이로 만든 묶음.
- **황구도끼** 황구는 환부(丸斧), 곧 날이 둥근 도끼를 뜻한다.
- **구제기잠방이** 가랑이가 무릎까지 내려오도록 짧게 만든 홑바지.
- **바리** 마소의 등에 잔뜩 실은 짐을 세는 단위.

“그럼 그렇게 해 오너라.”

정이 없는 정수남은 소 아홉, 말 아홉을 몰고 서천꽃밭으로 향했다. 정수남이 느릿느릿 길을 가는데 길가에 커다란 팽나무가 한 그루 서 있었다. 정수남은 가던 길을 멈추고, 동쪽으로 뻗은 가지에 소 아홉 마리를 매어 두고, 서쪽으로 뻗은 가지에 말 아홉 마리를 매어 두었다. 그러고는 몸을 쭉 늘여 하품에 기지개까지 시원하게 하더니 지나온 길을 돌아보며 느긋하게 주저앉았다. 발아래 놓인 자그맣고 길쭉한 돌이 베고 눕기에 안성맞춤이었다.

‘에라! 이거나 베고 누워 잠이나 자야겠구나.’

정수남은 갈 길을 깜빡 잊은 듯 태평하게 드러눕더니 금세 코를 골며 잠들고 말았다. 동쪽으로 돌아누워 한잠, 서쪽으로 돌아누워 한잠, 남쪽으로 돌아누워 한잠, 북쪽으로 돌아누워 한잠 이리저리 모양새를 바꿔 가며 한참을 자던 정수남은 해가 뉘엿뉘엿 넘어갈 때가 되어서야 겨우 눈을 떴다.

“아아함! 벌써 날이 어두워지네.”

늘어지게 기지개를 켠 정이 없는 정수남은 느릿느릿 정신을 차리고 머리를 긁적이며 주위를 살폈다. 아뿔싸! 매어 둔 소와 말이 다 쓰러져 있었다. 커다란 팽나무에 단단히 묶어 놓았던 소 아홉, 말 아홉이 목이 말라 이러지도 못하고 저러지도 못하다가 나무 아래 뒤엉킨 채 죽어 버린 것이었다.

정이 없는 정수남은 죽어 있는 짐승을 보자 몹시 배가 고팠다. 그래서 다섯 치는 족히 되는 시커먼 손톱으로 소가죽 말가죽을 하나씩 벗

겨 냈다. 그런 다음 썩은 나무를 베어 쌓고 청미래덩굴로 불을 붙여 이리저리 후후 부니 불이 활활 타올랐다.

정수남은 소의 다리를 하나 꺾어 불 속에 집어넣고 앞뒤로 돌려 가며 구우면서 잘 익었는시 본다고 한 점, 설익었는지 본다고 또 한 점, 한 점씩 떼어 먹었다. 그러고는 남은 다리 끊어 오고, 몸뚱이도 떼어 오고 야금야금 떼어다가 구워 먹자 마침내 소 아홉, 말 아홉을 모두 먹고 남은 것은 머리와 발뿐이었다.

정이 없는 정수남은 남김없이 먹고 나자 걱정이 되었다. 그래서 가죽이라도 가져가려고 걷어다 짊어지고 벌을 피할 궁리를 했다.

'자청비 아기씨는 고운 것을 좋아하니 물오리가 놀고 있는 연못에 가 보자. 물오리들이 나와서 헤엄치고 있거든 한 마리 잡아다가 아기씨 눈에 들게 하면 이번 일도 용서받고 저녁밥도 실컷 먹을 수 있을 거야.'

정이 없는 정수남은 느긋하게 발을 옮겨 오리 못으로 가 보았다. 오리 못에 가 보니 과연 오리가 쌍으로 푸덕푸덕 헤엄을 치고 있었다. 정수남은 지고 있던 소 아홉 가죽, 말 아홉 가죽을 살며시 내려놓고는 황구도끼를 들어 물오리 있는 곳으로 휙 하고 던졌다. 하지만 그 소리에 물오리는 깜짝 놀라 푸드덕 날아가 버리고, 황구도끼는 첨벙 소리를 내며 가라앉아 버렸다.

정수남은 할 수 없이 입고 있던 구제기잠방이, 적삼을 몽땅 벗어 두고 돌 몇 개를 가져다 대충 놓아두고는 황구도끼 찾으려고 물오리 연못으로 첨벙첨벙 들어갔다. 어기적거리며 동쪽으로 성큼, 서쪽으로 성큼, 남쪽으로 성큼, 북쪽으로 성큼, 연못 속을 여기저기 휘적거려 보아도 황구도끼를 찾을 수 없었다.

할 수 없이 정수남이 연못 밖으로 나왔는데, 그사이 날랜 도둑놈이 다녀갔는지 소 아홉, 말 아홉 가죽은 물론 벗어 놓은 구제기잠방이에 적삼까지 모두 쥚어지고 가 버린 뒤였다.

'어이구! 이제는 어찌해야 하나?'

하릴없이 난감해진 정이 없는 정수남이 동쪽을 쳐다보니 황칠나뭇잎이 반들반들, 서쪽으로 돌려 보니 떡갈나뭇잎이 반지르르, 남쪽을 쳐다보니 칡댕댕이덩굴이 번들번들했다. 정수남은 얼른 황칠나뭇잎을 끊고, 칡댕댕이덩굴을 걷어다가 자신의 사타구니에 달고는 집으로 향했다.

정이 없는 정수남이 집 근처에 이르러 장독대 뒤를 보니 삼 년 묵은 간장독의 덮개가 꼭꼭 씌워져 있었다. 호기심 많은 정수남은 누가 시키지도 않았는데 장독 가까이 다가가 도둑놈이라도 들어 있는가 싶어 돌멩이를 주워 던져 보았다. 그러자 툭 소리가 나더니 삼 년 묵은 간장독과 오 년 묵은 간장독이 와장창 깨지고 말았다.

'아이고나! 이제 어찌하나? 큰일이로구나!'

정이 없는 정수남이 이러지도 저러지도 못한 채 덮개를 주워 머리에 쓰고, 장독대에 앉아 어쩔 줄 몰라 하고 있었다.

저녁때가 되자 안채에 있던 자청비는 늦인득이 정하님을 불러 일러

* **칡댕댕이덩굴** 칡댕댕이는 칡의 다른 이름이므로 칡덩굴을 뜻한다.

두었다.

"저녁밥 지었다가 정수남이 나무하여 돌아오거든 먹으라고 주게."

늦인득이 정하님은 자청비 분부대로 부지런히 저녁밥을 지어 놓은 뒤에 국 끓일 간상을 뜨러 장독대로 갔다. 그런데 장독 가까이 다가가자 덮개를 씌운 장독이 슬금슬금 움직였다. 늦인득이 정하님이 깜짝 놀라 숨죽이고 가만히 살펴보니 쭈그리고 앉은 것이 정수남이 아닌가. 화들짝 놀란 늦인득이 정하님이 허둥지둥 달려와 자청비를 향해 외쳤다.

"상전님아, 상전님아! 장독대에 갔더니 삼 년 묵은 간장독과 오 년 묵은 간장독이 저절로 걷고 있지 뭡니까. 아이고! 도둑이 들었구나. 깜짝 놀라 살펴보니, 아, 글쎄 정이 없는 정수남이 앉아 있지 뭡니까."

"아이고, 그게 무슨 말이냐? 어서 정수남을 이리로 잡아들여라."

늦인득이 정하님은 부리나케 장독대로 달려가 숨어 있는 정수남을 잡아다 자청비 앞으로 데려왔다. 자청비는 나뭇짐도 없이, 데리고 간 소와 말도 없이, 황구도끼도 없이, 지어 입힌 옷까지 몽땅 잃어버린 채 돌아온 정수남을 보자 화가 머리끝까지 치밀어 올랐다.

"이놈아, 저놈아. 소 아홉은 도대체 어디에 버렸으며, 말 아홉은 어디에 두고 온 것이냐? 또 새로 만들어 입혀 준 구제기잠방이와 적삼은 어디에 벗어 두고, 황구도끼는 어디에 버렸느냐? 고얀 놈, 내 가만두지 않겠다."

자청비는 큰 소리로 종들에게 소리쳤다.

"앞밭에는 장검 걸고, 뒷밭에는 형틀을 걸어라. 깃발을 세우고 목 자르는 망나니 자강 놈도 불러라."

화가 오른 자청비는 정수남을 죽이려고 소리 높여 하인을 부르고 야단법석을 떨었다.

그때 정이 없는 정수남이 얼른 입을 열었다.

"상전님, 상전님! 죽일 놈도 아침밥은 먹이고 죽인다는데 아침밥은 못 먹어도 말이나 한마디 하고 죽겠습니다."

"네가 지금 무슨 할 말이 있다는 게냐?"

"예, 제가 아무리 상놈의 눈이지만 사람 눈이라는 게 상놈이나 양반이나 다 한가지 아니겠습니까?"

"도대체 무슨 소리를 하는 게냐?"

"아, 제 말씀 좀 들어 보십시오. 제가 신산만산 할로영산 들어가 보니, 큰 팽나무 한 그루가 있기에 동쪽으로 뻗은 가지에 소 아홉을 매어 두고, 서쪽으로 뻗은 가지에 말 아홉을 매어 두고, 잎이 선 나무들을 골라 척척 베고 있었는데, 아, 그때 하늘 옥황 문국성 문 도령이 무수한 궁녀며 선녀들을 거느리고 하늘에서 내려와 놀음놀이를 하고 있지 뭡니까? 그래 그 모습이 재미있어 실컷 구경하다 그만 정신이 나간 모양입니다.

그러다 보니 문 도령의 뒤를 따라 준교산에 오르니까 준교 구경이 좋고, 영악산에 올라 보니 영악 구경이 좋고, 호박산에 올라 보니 호박

- **할로영산** 신령스러운 한라산이라는 뜻인 한라영산(漢拏靈山)의 제주도 발음.
- **준교산에 오르니까~신이 났더랍니다** 준교산의 준교, 영악산의 영악 등은 특정 사물을 가리키는 것이 아니라 자청비를 속이고 놀리기 위해 산 이름을 그대로 따와 되풀이하는 것이다.

구경이 좋고, 던데산에 오르니까 던데 구경이 좋고, 마니산에 오르니 마니 구경이 좋고, 좀매산에 오르니까 좀매 구경이 좋고, 아외산에 오르니까 아외 구경이 좋아 신이 났더랍니다."

"정말이더냐? 그렇다면 나도 구경 좀 해 볼 수 있느냐?"

"아이고, 상전님! 그게 무슨 말씀이십니까? 저 같은 상놈도 실컷 구경하는데 상전님이 구경 못하실 리 있겠습니까? 아무튼 상전님아! 그렇게 구경하다 보니 팽나무에 잘 매어 두었던 소 아홉 마리, 말 아홉 마리, 그사이에 모두 목이 말라 물이 그리웠는지 제각각 줄을 풀고 뿔뿔이 흩어져 버렸지 뭡니까? 할 수 없이 물오리라도 잡아다 상전님 마음에 들게 하려고 연못에 황구도끼를 힘껏 던졌는데 물오리는 놀라 '푸드덕!' 날아가 버리고, 황구도끼는 연못 속에 '첨벙!' 가라앉아 버렸답니다. 아, 그래서 옷을 홀랑 벗고, 연못 속을 헤집고 다녔는데, 황구도끼는 찾지 못하고 글쎄, 그사이에 연못가에 벗어 놓은 구제기잠방이랑 적삼마저 도둑맞고 말았습니다. 아이고, 상전님아! 그래서 이 꼴로 돌아와 숨어 있었습니다."

"그러니까 지금 네가 할로영산 갔다가 문국성 문 도령이 노는 것을 구경하다 그 꼴이 되었다는 것이냐? 참말이냐?"

"그렇고말고요. 상전님도 하려고만 하면 지금이라도 구경할 수가 ...."

문 도령 소식에 귀가 번쩍 뜨인 자청비는 정수남이 잘못한 것은 다 잊어버리고 서둘러 늦인득이 정하님을 불렀다.

"늦인득이 정하님아! 정수남이 입게 지금 바로 긴 바지를 새로 만들어 주어라. 긴 적삼도 새로 하나 만들어 주어라."

그런 다음 자청비는 정수남이를 살살 달래기 시작했다.

"정이 없는 정수남아, 어떻게 준비해서 가야 네가 본 것을 구경할 수 있느냐?"

"뭐, 상전님 드실 밥일랑은 참가루 다섯 되에 소금 다섯 되 섞어서 범벅을 하십시오. 또 제가 먹을 밥일랑은 메밀껍질 다섯 말에 소금 한 홉을 넣은 듯 만 듯 넣어 범벅을 하십시오."

정수남이 말대로 자청비가 서둘러 준비를 마치자 정이 없는 정수남이 선심 쓰듯 말했다.

"상전님은 큰마누라가 타고 다니던 말을 타고 가십시오. 저는 말고삐를 잡고 상전님을 모시고 가겠습니다."

말을 마친 정수남은 몰래 소라 껍데기를 가져다 말 등에 올려놓고 안장을 얹은 뒤 자청비 앞으로 말을 몰고 갔다.

"상전님아, 말에 오르십시오."

자청비가 훌쩍 올라타자 말은 등이 아파 펄쩍펄쩍 날뛰면서 소란을 피웠다. 정수남이는 태연하게 말을 달래면서 입을 열었다.

"이 말 좀 보게나. 거 참, 주인도 못 알아보는 말이로구나. 큰마누라

- **참가루** 좋은 쌀가루나 밀가루, 혹은 메밀가루.
- **되** 곡식, 가루, 액체 따위를 담아 분량을 헤아리는 데 쓰는 그릇. 주로 사각형 모양의 나무로 되어 있다.
- **말** 곡식, 액체, 가루 따위의 부피를 잴 때 쓰는 단위. 한 말은 한 되의 열 배로 약 십팔 리터이다.
- **큰마누라** 마누라는 '마마'의 제주 방언이며 여기서는 자청비의 아버지를 큰마누라로 지칭했다.

가 타고 다닐 때는 고사를 지내선지 이런 일이 없었답니다."

자청비는 고지식하게 정수남의 말을 그대로 믿었다.

"어떻게 고사를 했더냐?"

"예, 술 한 동이에 닭 한 마리, 밥 한 바구니, 무명 석 자를 가져다 놓고 고사를 지냈습지요."

"그러면 우리도 그렇게 하자."

자청비의 말이 끝나기 무섭게 정이 없는 정수남은 술 한 동이, 밥 한 바구니, 무명 석 자를 차려 내와 말 앞에 놓더니 뭔가 말하는 시늉을 하면서 말 귀에다 술을 부었다. 그러자 말이 깜짝 놀라 귀를 설레설레 흔들며 모두 털어 버렸다.

"아, 이 말이 이제 그만 먹겠다고 하네요. 그런데 자고로 말 머리에다 고사 지냈던 음식은 주인이 먹는 것이 아니요, 종놈이 먹는 법입니다요."

정이 없는 정수남은 그렇게 말하고는 저 혼자 앉아 말도 않고 고사 음식으로 준비해 온 술 한 동이, 밥 한 바구니를 몽땅 비웠다. 그것도 모자라 언제 가져왔는지 닭 한 마리까지 들고 박박 뜯어 먹어 버렸다. 그런 다음 잔뜩 부른 배를 두드리며 일어나 무명 석 자를 겹으로 접어 질끈 동여매더니 다시 자청비에게 말했다.

"상전님! 이제 말을 타 보십시오."

※ **고사(告祀)** 액운(厄運)은 없어지고 풍요와 행운이 오도록 집안에서 섬기는 신(神)에게 음식을 차려 놓고 비는 제사.

정수남은 다시 소라 껍데기를 꺼내 슬그머니 말 등에 놓은 뒤 말안장을 얹었다. 자청비가 말에 오르자 아니나 다를까 말은 등이 아파 또다시 날뛰기 시작했다.

"이 말 좀 보세나. 아직도 세 주인을 몰라보는 말이로구나. 상전님, 상전님! 할 수 없네요. 상전님께서 이 점심 도시락을 지고 걸어서 따라오십시오. 제가 대신 말 위에 올라타고 가면서 이놈 행실 한번 제대로 가르쳐 보겠습니다."

"그럼 그렇게 하자."

자청비는 속이 상했지만 문 도령을 만나고 싶은 마음에 꾹 참았다. 그러고는 말에서 내려 여섯 말 한 홉 분량의 점심을 짊어진 채 길을 나섰다. 그사이 정이 없는 정수남은 말 등에 올려놓은 소라 껍데기를 꺼내 던져 버리고는 태연히 말에 올라 채찍을 흔들면서 설렁설렁 길을 떠났다.

정수남의 귓구멍에 꽂힌 담뱃대

자청비는 여태껏 어깻죽지에 밧줄을 매어 본 적도 등에 짐을 올려 본 적도 없었다. 그러다 보니 얼마쯤 가지 않아 여섯 말 한 홉의 범벅을 진 자청비의 온몸에서 중 방에 염주 떨어지듯 땀이 뚝뚝 떨어지기 시작했다. 자청비는 힘이 부쳐 한 걸음도 더 갈 수가 없었다. 낑낑대던 자청비는 말 위에 편안히 앉아 설렁설렁 앞서 가는 정수남을 불러 세웠다.

"정이 없는 정수남아! 이제 그 말에서 내려라. 나도 좀 타고 가자."

"자청비 아기씨! 어서 오십시오."

정수남은 자청비의 말을 한 귀로 흘려듣고 건성건성 대답을 하고는 앞서 가 버렸다. 어쩔 수 없이 자청비는 말 뒤꽁무니를 쫓아 헉헉대며 발걸음을 재촉했다. 어느새 신산만산 할로영산으로 들어가 서천꽃밭

에 다다랐다. 서천꽃밭 어귀 높직한 동산에 이르자 정수남은 그제야 말에서 내려 버젓이 나앉았다.

겨우 뒤따라온 자청비는 화가 잔뜩 나 호통을 쳤다.

“이놈, 이 괘씸한 놈! 내가 타고 왔어야 할 말을 끝까지 네가 타고 오느냐?”

“상전님, 상전님! 아, 말이 주인도 못 알아보고 오는 내내 성질만 내며 날뛰니 저야말로 죽겠습디다. 오죽하면 여기에 와서야 겨우 내리지 않았겠습니까?”

“시끄럽다. 점심이나 꺼내 놓고 좀 먹고 가자.”

자청비가 말을 하자마자 정수남은 참가루 다섯 되, 소금 다섯 되 섞은 범벅을 자청비 앞에다 휙 하니 던져두고 자기 먹을 몫을 챙겨 들고 구렁 쪽으로 성큼성큼 내려갔다. 그러자 자청비가 얼른 정수남을 불러 세웠다.

“얘야, 뭐하러 거기까지 가서 혼자 앉아 먹느냐? 이리 와 같이 앉아서 먹자꾸나.”

“자청비 아기씨, 자고로 종과 주인은 같이 앉아 밥을 먹으면 부부가 된다고 합니다. 저랑 부부가 되시렵니까? 그러시다면 같이 앉아서 먹겠습니다.”

정수남의 말에 말문이 막힌 자청비는 결국 혼자 점심을 먹었고, 정이 없는 정수남은 멀찌감치 떨어진 구렁에 앉아 점심 보따리를 펼쳤다. 정수남은 제 범벅을 메추라기만큼, 병아리 몸집만큼, 큼직큼직하게 떼어 내어 꿀떡꿀떡 맛있게도 먹었다. 하지만 자청비는 자기 범벅을 가마귀딱지만큼 떼어도 먹을 수가 없었다. 짜고 써서 도저히 씹을 수가 없었다.

자청비는 다시 정수남을 불렀다.

"정이 없는 정수남아! 네 범벅을 조금만 나오. 나도 한번 먹어 보자. 내 범벅은 너무 써서 먹지를 못하겠다."

"상전님아! 자고로 주인이 먹던 범벅은 종이 먹을 수 있지만 종이 먹던 범벅은 개나 먹는 법입니다. 아기씨, 개가 되어도 괜찮겠습니까?"

"에라, 모르겠다. 그렇다고 할지라도 배가 고파 못 견디겠으니 조금만 떼어 다오."

자청비가 조금만이라도 떼어 달라고 자꾸 보채니까 정수남은 할 수 없다는 듯 자기 범벅에서 겨우 가마귀딱지만큼 떼어 자청비에게 가져다주었다. 자청비는 배가 고픈 터라 그거라도 감지덕지 얼른 받아 입에 넣었는데, 그 맛이 기묘하여 꿀이나 한가지였다.

정수남의 범벅 맛을 본 자청비는 제 범벅은 더 이상 입에 대고 싶지도 않았다. 자청비는 먹다 만 것을 그대로 밀어 두고는 정수남을 불렀다.

"정수남아! 내 범벅은 더 먹기가 싫구나. 몽땅 가져다 너나 먹어 버려라. 어서!"

정이 없는 정수남은 기다렸다는 듯이 범벅을 가져다가 상전이 먹던 범벅은 장에다 찍어 반찬 삼아 먹고, 제 범벅은 밥으로 먹었다. 거지처럼 배가 터지도록 먹었다.

두 사람은 다시 길을 나섰다. 이번에도 자청비가 짐을 몽땅 짊어지고 가는데, 점심때 범벅을 가마귀딱지만큼 먹어 놓으니 힘이 부쳤다. 자청비는 물이라도 실컷 먹고 싶어 애타게 물을 찾았다.

"정이 없는 정수남아! 물이 그리워 죽겠구나."

때마침 길가에 우물이 눈에 들어왔다. 자청비는 얼른 발걸음을 멈추고 입을 열었다.

"나, 이 물 한 모금만 먹고 가련다."

"이 물은 보아하니 새가 멱 감고 간 물이라 못 먹습니다. 이 물을 먹으면 구역질이 나는 것은 물론이요, 발에는 발병이 나고, 손에는 손병이 나고, 목에는 목병이 납니다."

정수남은 이 핑계 저 핑계 대면서 끝내 자청비가 물을 먹지 못하도록 했다. 배는 고프지 목은 마르지 짐은 무겁지, 자청비는 기운이 다 빠져서 정신이 어질어질했다.

이렇게 저렇게 마침내 신산만산 할로영산 서천꽃밭에 이르러 길목에 막 접어드니 산딸기나무 가시나무가 무성한 가운데 우물이 하나 있었다.

"자청비 아기씨, 이 물은 좋은 물이니 드셔도 됩니다. 그런데 이 물을 먹으려면 지켜야 할 예의가 있습니다. 바가지 통째로 물을 먹으려고 하면 바가지가 모가지로 들어가서 못 먹고, 물동이로 떠서 먹으려고 하면 물동이가 모가지로 들어가서 못 먹습니다. 이 물은 손으로밖

• **가마귀딱지** 아주 작은 소라 껍데기를 말한다.

에 못 먹습니다. 상전님아, 우선 여기 가만히 계십시오. 제가 먼저 먹는 것을 보고 괜찮거든 그때나 드십시오."

말을 마친 정수남은 저고리도 훌렁 바지도 훌렁 옷을 몽땅 벗어 던져두고는 칡댕댕이딩굴을 걷어다가 사타구니 안쪽에 걸어 맸다. 그런 다음 칡덩굴 한쪽 끝을 자청비에게 건넸다.

"상전님아, 이것 좀 잡고 서 계십시오. 그렇지 않으면 제가 물 먹을 때 물귀신이 저를 확 잡아당겨 버릴 겁니다."

자청비는 정수남의 꼴을 보는 게 민망했지만 목이 말라 정수남이 시킨 대로 칡댕댕이덩굴을 꽉 잡은 채 버티었다. 정이 없는 정수남은 우물에 얼굴을 처박고 들어가 물을 먹기 시작했다. 꼭 소 대가리에 물 들어가는 모양새로 정수남은 저 혼자 꿀꺽꿀꺽 다섯 동이나 되는 물을 먹어 댔다. 한껏 먹고 나자 우물 밖으로 머리를 쳐든 정수남이 자청비를 불렀다.

"상전님아, 이 물 마셔도 괜찮겠소. 상전님도 그 옷일랑 벗어 두고 드십시오."

자청비는 정수남의 말대로 하기는 싫었지만 속이 타들어 가 어쩔 도리가 없었다. 정수남이 시킨 대로 치마도 벗고 저고리도 벗었다. 하지만 차마 다 벗어 버릴 수가 없어 속곳 하나는 남겨 둔 채 우물가에 달려가 엎드려서 물을 먹으려 했다. 그때 정수남이 자청비를 얼른 불러 세우며 말했다.

"상전님아! 상전님도 나처럼 속곳까지 벗어 버리시오. 여기 내 아랫도리에 매어 두었던 요 칡덩굴을 줄 테니 상전님도 잘 매어 두시오. 안

그러면 물을 먹기 어렵소. 내가 잘 잡고 서 있을 테니 걱정 말고 실컷 드시오."

자청비는 할 수 없이 속곳마저 던지고 칡댕댕이덩굴을 아랫도리에 걸어 매고는 우물로 들어갔다. 자청비가 정신없이 물을 마시고 있을 때 정이 없는 정수남은 손에 잡고 있던 칡댕댕이덩굴 줄을 가시나무에 친친 감아 두고, 자청비가 벗어 놓은 옷을 산딸기나무 위에 걸어 두었다. 그러더니 돌을 주워다가 퐁당퐁당 우물에 던지기도 하고, 물 위에 하나씩 띄우기도 하면서 희롱을 하기 시작했다.

"상전님아, 문 도령을 만나 보고 싶으시오? 하늘 옥황 문 도령이 일만 이천 궁녀 선녀 거느리고 내려와서 놀음놀이 하는 것이 이것이니 실컷 구경하시오. 준주산의 준주 구경이 이것이니 실컷 구경하시오. 던데산의 던데 구경이 이런 것이니 실컷 구경하시오. 좀매산의 좀매 구경도 이런 것이니 실컷 구경하시오."

정수남은 자청비를 실컷 골려 주고는 자리를 피해 멀찌감치 도망쳐 버렸다.

'내가 요놈에게 단단히 속았구나!'

자청비는 이를 악물고 바깥으로 얼른 나와 옷을 찾았다. 하지만 산딸기나무 수풀에 걸려 있는 옷을 내리려 해도 몸이 따가워 내릴 수 없었다. 화가 치밀어 올랐지만 자청비는 화를 참고 정수남을 불렀다.

"정이 없는 정수남아! 내 옷 좀 가져다 다오."

멀찍이 숨어서 보고 있던 정수남은 웃음을 참으면서 소리를 질렀다.

"상전님아, 옷을 주면 저를 살려 주시겠소?"

"왜 너를 죽이겠느냐? 내 옷이나 가져다 다오. 네 말대로 들어주마."

정이 없는 정수남은 그제야 히쭉히쭉 설렁설렁 걸어 나와 옷을 가져다주었다. 자청비는 재빨리 옷을 받아 왼쪽으로 입어 오른쪽으로 끈을 동여매고, 오른쪽으로 입어 왼쪽으로 끈을 동여내며 허둥시둥 입었다.

그 모습을 찬찬히 지켜보던 정수남이 자청비에게 다가와 음흉한 속내를 드러냈다.

"상전님아, 아까 제 말 잘 듣겠다고 약속하셨으니 이렇게 해 보지요. 아기씨 손목이나 한번 잡아 봅시다."

자청비는 정수남이 죽이고 싶도록 미웠지만 인적 없는 산속이라 좋은 말로 타일렀다.

"내 손목 잡을 바에는 내가 눕는 방에 가 보아라. 내가 쓰던 금봉채가 있을 테니 그거나 잡아 봐라. 내 손목 잡는 것보다 더욱 좋을 것이다."

정이 없는 정수남도 물러서지 않았다.

"아기씨, 그럼 이렇게 하십시다. 내가 아기씨 젖이나 조금 만져 보겠습니다."

"내 젖 만질 바에는 내가 눕는 방에나 가 보아라. 은당병이 있을 테니 그거나 만져 보아라. 내 젖 만지는 것보다는 훨씬 좋을 것이니라."

"아기씨, 그것도 싫으면 이렇게 하지요. 우리 입이나 한번 맞추어 봅시다."

"내 입 맞추느니 내 눕는 방에나 가 보아라. 꿀단지가 하나 있을 테니 그 안에 혀를 넣어 보아라. 나랑 입 맞추는 것보다는 더욱 좋을 것이니라."

정수남은 조금도 물러서지 않았다.

"아기씨, 이것도 저것도 싫으면 이렇게 하십시다. 우리 함께 자리 깔고 누워 봅시다."

"나와 눕느니 내 눕는 방에 가 보아라. 안자리는 능화자리 바깥자리는 꽃자리 번지르르 깔려 있고, 머리맡엔 한서병풍 이리저리 둘러쳤고 발밑에는 족자병풍 휘휘친친 둘러쳤으니, 자장자장 잘 베개에 금산비단 이불 덮고 포근하게 누워 보아라. 나와 눕는 것보다는 더욱 좋을 것이니라."

밀고 당기고 말씨름을 하다 보니 그럭저럭 서산으로 해가 다 내려갔다. 자청비가 지는 해를 보며 말했다.

"정이 없는 정수남아, 날이 벌써 지는구나. 할 수 없으니 그냥 여기 움막이나 지어라. 오늘 밤은 우리 여기서 새우고 가자."

정수남은 그 말을 듣고 좋아하면서 집을 짓기 시작했다. 동쪽 나무는 서쪽으로 휘어잡아 묶어 두고, 서쪽 나무는 남쪽으로 휘어잡아 매어 두고, 남쪽 나무는 북쪽으로 휘어잡아 묶어 두고, 북쪽 나무는 동쪽으로 휘어잡아 엮었다. 정수남이 서둘러 움막 두 채를 지을 틀을 대강 잡고 보니 두 움막의 거리가 조금 떨어져 있었다.

자청비가 그걸 보며 말했다.

"정이 없는 정수남아, 멀리 짓지 말고 나란히 지으려무나."

"종놈과 상전님이 움막을 나란히 지으면 부부가 되는 법입니다. 아기씨랑 저랑 부부가 되시렵니까?"

"종놈이랑 어떻게 부부가 되느냐? 잔말 말고 다시 집을 지어라."

정이 없는 정수남은 속으로 히죽히죽 웃으며 다시 가까이 움막을 지었다. 자청비가 누울 움막은 밤하늘의 별이 다 보이노록 지붕에 구멍이 송송하게 대강대강 짓고 자기가 누울 움막은 단단히 잘 지었다.

두 사람은 제각각 움막으로 들어가 이럭저럭 밤을 새우기 시작했다. 하지만 자정이 넘어가자 궁덕새는 부엉, 죽죽새는 죽죽 여기저기 새소리가 멈추지를 않고, 늑대들이 우우 우는 소리도 들려왔다. 씩씩한 자청비도 구멍 숭숭 별이 보이는 움막 아래서 무서움을 타느라 잠을 자지 못했다.

자청비는 참다 참다 정수남을 불렀다.

"정이 없는 정수남아! 늑대는 우우 하는데 구멍은 숭숭 못 참겠다. 이리 빨리 좀 오너라. 너랑 나랑 꼭꼭 안고 오늘 밤은 누웠다가 내일일랑 가자꾸나."

정이 없는 정수남이 고지식한 정수남이 오라는 말을 듣고 꺼떡꺼떡 자청비의 움막 속으로 들어가자 앉을 사이도 없이 자청비가 말했다.

"정이 없는 정수남아! 이 움막은 구멍이 숭숭 뚫려 있구나. 짐승이라도 들어오면 어떻게 하느냐? 구멍들을 잘 막아라. 우리 안고 누운 것을 하늘님이 보시면 어떻게 하느냐? 종과 주인이 한데 누우면 죄가 깊어지는 것이다. 구멍마다 꼭꼭 막아라."

정이 없는 정수남은 자청비의 말대로 움막 바깥으로 나가 부지런히 구멍을 막기 시작했다. 그동안 자청비는 움막 안을 기어 다니며 정수남이 한 구멍을 막으면 이내 두 구멍을 뚫어 두었다.

"정수남아! 여기도 막아라. 저기도 막아라. 이제 보니 여기에도 구멍이 숭숭하다."

정수남은 그런 줄도 모르고 부지런히 구멍을 막아 댔다. 빨리 끝내고 싶은 마음에 다른 생각을 할 겨를이 없었다.

그사이 천왕 닭이 목을 들어 울고, 지왕 닭이 굽이를 꺾어 울고, 인왕 닭이 날개를 치면서 울자 먼동이 트고 날이 훤하게 밝아 왔다. 정이 없는 정수남은 그제야 속은 것을 알고 부아가 나 얼굴이 붉으락푸르락 바뀌었다.

자청비는 움막 안에 앉아 성이 잔뜩 난 정수남의 거동을 살피고는 슬슬 걱정이 들었다.

'저놈이 화가 난 꼴을 보니 내가 죽을 수도 있겠구나. 저놈을 먼저 달래야겠다.'

자청비가 부드러운 목소리로 정수남을 불렀다.

"정이 없는 정수남아. 고생이 많았구나! 힘들 텐데 얼른 들어와 내 무릎을 베고 눕거라. 내가 이나 좀 잡아 주마."

자청비가 부르는 소리에 정수남은 금세 마음이 풀려 후다닥 움막 안으로 들어왔다. 그러더니 자청비의 은결 같은 무릎 위에 맷방석같이 푸시시한 머리통을 슬며시 올려놓았다.

* **궁덕새** 부엉이의 제주도 말.

자청비가 정수남의 왼쪽 귀밑을 걷어 보니 흰 모래밭에 검은 모래를 던져 놓은 듯, 오른쪽 귀밑을 걷어 보니 검은 모래밭에 흰모래를 뿌려 놓은 듯 머릿니가 득실득실했다. 굵은 이는 임금 같고, 중간 이는 마을 면장 같고, 작은 이는 동네 이장 같았다. 자청비가 자잘한 이부터 손가락 끝으로 톡톡 눌러 가며 일일이 죽이는 동안 정이 없는 정수남의 두 눈에 잠이 가득 차더니만 이내 스르르 감기고 말았다.

"이놈 저놈 괘씸한 놈 같으니! 아무려면 제까짓 것이 내 무릎 위에서 잠을 잘 수가 있느냐?"

자청비는 얼른 정수남의 담뱃대를 꺼내 자고 있는 정수남의 왼쪽 귀를 찔러 오른쪽 귀로 빼내고, 다시 오른쪽 귀를 찔러 왼쪽 귀로 빼냈다. 그러자 정수남은 말도 못하고 그 자리에서 그만 죽고 말았다.

자청비는 죽은 정수남을 뒤로하고 말에 올랐다.

"이 말아, 저 말아. 네가 나를 데리고 길을 잘 찾아간다면 너도 녹봉을 먹고살고, 나도 녹봉을 먹고살 것이요, 길을 잘못 찾아간다면 내 칼로 너를 찔러 죽이고, 나는 나대로 죽어 버릴 것이다."

그 말을 들었는지 말은 자청비를 태우고 산을 잘도 내려갔다.

중산마을쯤 내려오다 보니 백발이 성성한 신선(神仙) 셋이 모여 앉아 장기를 두고 있었다. 자청비가 방향을 돌려 그쪽으로 올라가니 신선들이 자청비를 돌아보고 물었다.

◦ **녹봉**(祿俸) 벼슬아치에게 일 년 또는 계절 단위로 나누어 주던 돈이나 물건.
◦ **중산마을** 한라산의 중턱인 중산간에 있는 마을.

"어찌하여 너에게서 피 냄새가 나는 것이냐?"

"오는 길에 제가 타고 온 말이 메추라기를 밟아 죽이는 바람에 피 냄새가 나는 것입니다."

"이년 저년, 괘씸한 년이로구나. 네가 타고 온 말꼬리 뒤로 더벅머리 총각 놈이 두 귀에 피가 빨갛게 나서 쫓아오는 것이 보이는데 우리 앞에서 거짓말을 하는 것이냐?"

자청비는 그제야 말머리 아래로 사뿐히 내려와서 무릎을 꿇고 빌기 시작했다.

"아이고! 부디 살려 주십시오. 신선님들께서 보신 놈은 제가 데리고 갔던 종놈인데 마음이 음흉하고 행실이 불량하여 제가 죽여 두고 오는 길입니다."

"너는 오늘 정오쯤이면 그 귀신에게 죽을 것이다."

자청비는 깜짝 놀라 두 손 모아 애걸했다.

"아이고! 제발 살려 주십시오. 어떻게 해야 살 수 있겠습니까?"

자청비가 두 손을 모아 애처롭게 빌자 세 신선은 자청비에게 정수남이 귀신을 떼어 낼 수 있는 방도를 일러 주었다.

"어서 일어나서 길을 떠나거라. 가다 보면 물이 흐르는 곳에 세 군데 샘이 있을 게다. 맨 아래쪽 샘물에서 목욕을 하고, 가운데 샘물에서 하욕(下浴)을 하고, 위쪽 샘물로 멥쌀밥을 지어 놓고 북두칠성 대성군

* 대성군(大星君) 북두칠성을 신격화하여 부르는 말.

에게 축수를 드리고 옥추경을 정성을 다해 세 번 읽도록 하여라. 그러면 그 귀신이 떨어질 것이다."

자청비는 신선들에게 고개 숙여 인사를 올리고 말에 올라 서둘러 길을 떠났다.

산길을 내려가다 보니 아니나 다를까 물길이 흐르고 있었다. 자청비는 신선들이 일러 준 대로 맨 아래 샘물에서 목욕을 하고, 가운데 샘물에서 하욕한 다음, 윗 샘물을 떠다 깨끗이 쌀을 씻고 밥을 지어 북두칠성 대성군에게 축수를 드리고는 옥추경을 세 차례 열심히 읽었다. 그러자 말꼬리에 붙어 쫓아오던 정수남이 귀신은 소리를 지르며 사라졌다.

- **축수**(祝手) 두 손을 모아 비는 것.
- **옥추경**(玉樞經) 도교의 경문(經文) 가운데 하나로 귀신을 쫓을 때 외운다.

청태산 할망의 베 짜는 여인

자청비는 말을 타고 집으로 가는 내내 정수남을 죽인 일이 걱정스러웠다. 하지만 말은 주인의 걱정은 아랑곳하지 않고 자청비를 집 앞에 내려놓았다.

말에서 내린 자청비는 어머니에게 달려가 느닷없이 물었다.

"어머니, 어머니! 아이들이 말을 안 들으면 어떻게 하는 것이 좋아요?"

"그럼 먼저 달래 봐야지."

"달래도 말을 듣지 않을 때는 어떻게 해야 하나요?"

"그럼 호되게 꾸짖어야지."

"꾸짖어도 말을 듣지 않을 때는 어떻게 해야 하나요?"

"그럼 때려야지."

"그런데 아무리 때려도 말을 듣지 않아 힘겨울 때는 어떻게 해야 하나요?"

“그렇다면 죽일 수밖에 없지 않니.”

자청비는 이때다 싶어 정수남이 말을 꺼냈다.

“어머니, 어머니! 정이 없는 정수남이 말입니다. 행실이 너무 불량하나 보니 제가 힘에 겨워 죽어 두고 왔습니다.”

“아니, 그것이 무슨 말이냐? 딱하기도 딱하구나. 계집애가 잘나기도 잘났구나! 어서 가서 하루에 콩 석 섬을 가는 내 머슴 정수남을 데려오너라! 하루에 조 석 섬을 가는 내 머슴 정수남을 데려오너라! 하루에 수숫대 닷 섬을 가는 내 머슴 정수남을 데려오너라!”

자청비는 어머니에게 큰 야단을 들었지만 그렇다고 죽은 정수남을 살려 내어 데려올 수도 없는 노릇이었다. 자청비는 스스로 치맛자락을 왼쪽에서 오른쪽으로 걷어붙인 다음 큰 쟁기를 둘러맨 뒤 소를 몰고 너른 들로 나가 밭을 갈고, 좁씨 석 섬을 뿌려 밟아 놓고 돌아왔다.

“어머니, 어머니! 나도 정수남처럼 밭을 갈고, 좁씨 석 섬을 뿌려 밟아 놓고 왔습니다.”

“아니, 이것은 또 무슨 말인 게냐? 계집애가 딱하기도 딱하구나! 잘나기도 잘났구나! 하필이면 때도 아닌 궂은 날을 골라 밭을 갈고 씨를 뿌렸느냐? 당장 가서 내 좁씨를 모두 거둬 오너라.”

어머니의 역정만 산 자청비는 부랴부랴 세경 땅 너른 땅에 가서 좁씨 석 섬을 모아 왔다.

“어머니, 어머니! 말씀대로 조를 모두 거둬 모아 왔으니 받으십시오.”

어머니는 그 좁씨를 건네받은 뒤에 좁씨를 담아 놓은 멱서리에서 한 톨씩 꺼내 가며 일일이 세어 보았다. 그랬더니 꼭 한 톨이 부족했다.

어머니는 야박하게도 자청비를 또 다그쳤다.

"조 한 톨이 부족하구나. 얼른 가서 모자란 조 한 톨을 찾아오너라."

다시 매서운 야단을 들은 자청비는 할 수 없이 때죽나무 회초리를 둘러매고 부족한 좁씨 한 톨을 찾으러 나섰다. 그때 땅바닥에서 개미가 좁씨 한 톨을 물기도 하고 굴리기도 하며 부지런히 오고 있는 것이 보였다. 자청비는 기뻐하며 개미를 향해 말했다.

"이 개미야, 저 개미야! 그 좁씨 여기에 뱉어 놓아라. 나는 그 좁씨 한 톨을 찾으러 다시 왔단다."

하나 개미도 만만치 않았다.

"그렇게는 못하겠다. 이건 내가 물어다 저장해 두었다가 겨울 양식으로 쓸 것이다."

"이 개미야, 저 개미야! 너 아주 괘씸하구나!"

화가 난 자청비는 들고 있던 때죽나무 회초리로 개미 등을 세게 내리쳤다. 그러자 개미 등이 그만 때깍하고 끊어져 버렸다. 이 때문에 지금까지도 개미 허리는 잘록하여 흔들흔들하는 것이다.

때죽나무 회초리로 크게 맞은 개미가 깜짝 놀라 물고 있던 좁씨를 툭 하고 뱉어 버리자 자청비는 얼른 주워다 어머니 앞으로 가져갔다.

"어머니, 어머니! 모자라던 한 알까지 찾아왔으니, 이제 조 석 섬을 모두 거두어 왔습니다."

• **세경 땅** 농사짓는 땅.
• **멱서리** '멱'이라고도 하며 짚으로 날을 촘촘히 결어서 만든 그릇의 하나로 주로 곡식을 담는다.

"계집애가 잘나기도 잘났구나! 어떻게 밭을 갈고 좁씨를 뿌려 놓고는 그것을 다시 모아 올 수 있느냐? 너는 보통 애가 아니니 네 명(命)대로 살아라. 마음대로 집을 나가 아무 데나 가서 살아라."

조신국 부인은 사청비에세 물명주 한 필에 검은 암소를 마련해 주었다. 자청비는 검은 암소에 물명주를 메고 옷가지를 챙겨 실은 뒤 늦인득이 정하님의 배웅을 받으며 집을 나섰다.

길을 나선 자청비는 자기도 모르게 문 도령을 처음 만난 후전당 연하못가에 이르렀다. 소를 매어 두고 앉아 있노라니 눈물이 어른거렸다. 자청비는 참지 못하고 드디어 목을 놓아 슬피 울었다.

그때 마침 청태산 마귀할망이 연못가에 빨래를 하러 왔다가 울고 있는 자청비를 보고 말을 걸어왔다.

"어느 집 아기씨기에 여기에 앉아 이리도 슬피 탄식을 하고 있소?"

"말도 마십시오. 저희 어머니는 조진국이요, 아버지는 김진국인데 부모님이 늦도록 슬하에 자식이 없어 수륙재까지 올리고 태어난 게 접니다. 그래서 제 이름도 가련하다 가령비, 자청하다 자청비입니다. 그런데 천생배필 문 도령이 신표를 남기고 떠난 후 답답하게 지내는 중에 문 도령을 만날 수 있다는 정수남의 꾐에 빠져 할로영산에 올랐다가 음흉한 정수남 놈을 죽이게 되었지요. 그 바람에 어머니 눈에는 가시가 되고, 아버지 눈에는 미움을 사서 집 밖으로 쫓겨났습니다. 갈 곳도 없고 어찌해야 하는지 앞길이 막막하여 이렇게 탄식만 하고 있답니다."

"저런! 그런 딱한 사연이 있었구먼. 나는 청태산 마귀할망일세. 나는 자식도 없고 아무도 없으니 우리 집에 가서 수양딸로 살아 보세."

"아이고! 천만 고맙습니다."

그길로 자청비는 청태산 마귀할망을 따라 청태산에서 살게 되었다. 자청비가 집에 들어가 이곳저곳 살펴보니, 마귀할망의 집에는 비단 짜는 베틀에 모단 짜는 베틀이 있었다.

"어머니, 수양어머니! 이것들은 무엇이라고 합니까?"

"이것은 비단 베틀이요, 이것은 모단 베틀이다."

"그럼, 이것들은 무엇에 쓰는 물건입니까?"

"하늘 옥황 문선왕의 아들 문국성 문 도령이 서수왕의 셋째 딸에게 장가를 간단다. 그래서 하늘 옥황에 올라가 팔려고 옷감을 짜는 중이란다."

"어머님아, 그렇다면 제가 한번 그 옷감을 짜 보겠습니다."

"그래, 짤 수 있거든 한번 짜 보아라."

청태산 마귀할망의 허락을 받은 자청비는 곧장 베틀에 올라앉아 모단을 짜기 시작했다. 처음 앉은 베틀이 오래된 것처럼 익숙했다. 자청비는 착착 베틀을 돌려 가며 모단을 짰다. 그러다 보니 머릿속에 그간 겪었던 온갖 일들이 하나둘씩 떠올랐다.

자청비는 문 도령이 혼인날 마두납채로 가지고 갈 옷감 위에 그간의 이야기들을 수놓기로 했다. 자청비는 서울로 글공부 가던 문 도령이 연하못에서 물을 달라고 했을 때 물바가지에 나뭇잎을 띄워 준 이야

- **모단**(毛緞) 중국 우단(벨벳)의 한 가지로 비단의 일종이다.
- **마두납채**(馬頭納采) 혼인날 신랑 집에서 신부 집으로 보내는 비단.

기, 글공부 가서 달리기 시합, 오줌 멀리 싸기 시합을 한 이야기, 윗물 아랫물에서 목욕하던 이야기를 모단 위에 낱낱이 수로 새겨 갔다.

하룻밤 사이 모단 비단을 모두 짠 자청비는 마귀할망에게 신신당부를 했다.

"수양어머님아! 이 모단은 부디 다른 데 가서 팔지 말고, 꼭 문선왕 부인에게 가서 파십시오."

"그렇게 하라면 그렇게 하마."

청태산 마귀할망은 자청비가 짠 비단 모단을 짊어지고 하늘 옥황으로 올라갔다. 할망은 제일 먼저 문선왕 부인이 있는 궁으로 들어가 목청을 높였다.

"옷감 사옵소서."

"이리로 들어오면 내가 사겠소."

옷감 판다는 소리를 들은 문선왕의 부인이 할망을 불렀다. 청태산 마귀할망은 얼른 옷감을 지고 들어가 부인에게 펼쳐 보였다. 자청비가 짠 비단 모단을 유심히 보던 부인은 수놓은 글귀에 찬탄을 하면서도 도무지 그 뜻을 알 수가 없어 고개를 갸우뚱했다.

"거참, 생전 본 적 없는 희한한 비단이로구나."

그때 문 도령은 선비들을 모아 놓고 글을 가르치던 중이었다. 옆방에서 어머니가 중얼거리는 소리가 들리자 문 도령은 궁금함을 참지 못하고 목소리를 높여 물었다.

"어머님! 지금 무슨 말씀을 하고 계시는 겁니까?"

"얘야! 너 장가들 때 쓸 옷감을 사려고 하는데, 생전 본 적 없는 물건이 왔구나."

"그럼, 늦인득이 정하님에게 시켜서 이리 보내 보십시오."

늦인득이 정하님이 옷감을 들고 가서 문 도령에게 보여 주었다. 옷감을 들추어 보던 문 도령은 모단 위에 수놓인 자청비의 글씨체를 발견하고 깜짝 놀라더니 어머니 방으로 뛰어갔다.

"어머님, 이거 누가 가져온 것입니까?"

"이 할망이 가져왔구나. 청태산 마귀할망이라고 한단다."

"할망, 이 옷감 누가 짠 것이오?"

"우리 집 수양딸이옵니다."

마귀할망이 얼른 대답했다.

"할망 수양딸이 누구요?"

"아버지는 김진국, 어머니는 조진국인데 부부가 나이 서른에야 수륙재를 드려서 낳은 자청비라고 합니다. 어쩌다가 아버지 눈 밖에 나고, 어머니 눈에 가시가 되어 집에서 못 살고 쫓겨나게 된 것을 내가 우리 집에 데리고 와 수양딸로 삼아 지내고 있지요. 그 아이가 하룻밤 사이에 짠 옷감입니다요."

문 도령은 깜짝 놀라 마귀할망의 손을 잡았다.

"그 자청비는 분명 내가 아는 사람일세. 할망, 오늘 밤 아무도 몰래 자청비 있는 곳으로 찾아갈 테니 자청비를 한 번만 만나게 해 주시게."

마귀할망은 부인의 눈치를 보며 고개를 끄덕였다. 마귀할망이 떠난 뒤 문 도령은 그때부터 해가 지기를 학수고대했다. 언제쯤 해가 져서 자청비를 만날 수 있을까 하는 생각뿐이었다.

마침내 해가 떨어지고 제자들이 모두 돌아가자 문 도령은 아무도 몰래 청태산으로 내려갔다.

그 무렵 청태산 마귀할망은 자청비를 불러 놓고 일렀다.

"자청비야. 오늘 밤에 손님이 올 것이니 꼭 대문을 열어 두어라."

"그렇게 하겠습니다."

얼마 후 청태산에 도착한 문 도령은 자청비가 있는 방문 앞까지 이르렀다.

"으흠, 이 문 좀 열어 주시오."

"아니, 이 밤에 누구십니까? 귀신입니까, 사람입니까?"

인기척을 듣고 놀란 자청비의 목소리가 방 안에서 들려왔다.

"귀신은 무슨 귀신이겠느냐? 살아 있는 사람이다. 나는 하늘에서 내려온 문 도령이다!"

하지만 자청비는 문 도령이라는 말을 듣고도 방문을 열지 않았다.

"저는 못 믿겠습니다. 문 도령이 틀림없다면 이 창구멍으로 손가락이나 내밀어 보십시오."

자청비 말에 문 도령은 얼른 창구멍을 뚫고 손가락을 내밀었다. 자청비는 귀신인지 사람인지 시험해 보고 싶었다. 그래서 바늘로 손가락을 콕콕 찔러 보았다. 자청비가 문도 열어 주지 않고 손가락만 콕콕 찔러 대자 화가 치민 문 도령은 곧바로 옥황으로 올라가 버렸다.

이튿날 날이 밝자 마귀할망은 손님을 생각하며 부지런히 아침상을 차렸다. 하지만 상을 들고 수양딸의 구들방으로 갔을 때 방에는 자청비만 혼자 앉아 있었다. 게다가 비릿한 피 냄새까지 풍겨 왔다. 깜짝

놀란 마귀할망이 입을 열었다.

"아니, 어찌하여 네 방에서 피 냄새가 나느냐?"

"어머님아, 어머님아! 지난밤에 하늘 옥황 문국성 문 도령이라는 자가 와서 대뜸 문을 열라고 하지 뭡니까? 틀림없이 귀신이 왔다고 생각하여 몰래 옥추경을 삼세번 읽었지만 그래도 뻣뻣하게 서 있기에 다시 귀신인지 사람인지 알아보려고 창구멍으로 손가락을 내밀라 했지요. 그러고는 내민 손가락을 바늘로 콕콕 찔렀더니 그만 화가 나서 하늘 옥황으로 올라가 버렸습니다."

자청비의 이야기를 들은 마귀할망은 화가 나서 목청을 높였다.

"그게 사실이더냐? 그렇게 했으니 어머니 눈에 가시가 되고, 아버지 눈에 미움을 샀지! 네가 서방을 얻더라도 문국성 문 도령보다 더 잘난 서방을 얻을 수 있겠느냐? 들어오는 복을 방망이로 내쫓았구나. 이제는 내 눈에도 꼴 보기 싫다. 내 집에서도 당장 나가 버려라."

다시 쫓겨날 신세가 된 자청비는 잠시 후 결심한 듯 입을 열었다.

"설운 어머님, 설운 수양어머님! 어머니 뜻이 정 그러하시다면 고운 칼 가져다가 길고 긴 제 머리나 속속들이 베어 주십시오. 저는 머리 깎고 절에나 가겠습니다."

"알겠다. 그러면 그렇게 해라."

마귀할망은 고운 칼을 가져다 자청비의 참비단 같은 길고 긴 머리를 속속들이 잘라 내어 열댓 자 긴 자락 보자기에 똘똘 말아 싸 주었다.

자청비는 청태산을 떠났다. 하지만 갈 곳이 없었다. 할 수 없이 연하못가로 내려간 자청비는 빨랫돌 위에 걸터앉아 긴 숨을 내쉬었다.

하늘과 땅, 오르내리기

하늘 길의 수수께끼

옛이야기에서 우리는 종종 하늘을 오르내리는 인물들과 만나게 됩니다. 하늘에서 내려온 동아줄을 타고 하늘로 올라가 해와 달이 된 오누이가 있는가 하면, 날개옷을 입고 지상으로 내려와 목욕하고 하늘로 되돌아가는 선녀들이 있기도 하고, 천길만길 뻗은 박 덩굴을 타고 아버지를 찾아가는 아들도 있답니다. 《자청비》에서도 문 도령과 자청비가 하늘을 오르내리는 모습을 찾아볼 수 있지요. '나도 하늘과 땅을 자유롭게 오르내릴 수 있으면 얼마나 좋을까?' 이런 생각을 해 본 적이 있나요? 지금부터 하늘 길의 수수께끼를 속속들이 파헤쳐 봅시다.

하늘과 땅은 언제부터 갈라졌나

아득한 옛날 하늘과 땅, 천지(天地)가 생길 적에 미륵(彌勒)이 탄생했습니다. 당시에는 하늘과 땅이 서로 맞붙어 떨어지지 않아 가마솥 뚜껑처럼 볼록했지요. 미륵은 네 귀에 구리 기둥을 세워 하늘과 땅을 나누었습니다. 미륵의 활약으로 그렇게 하늘과 땅은 갈라졌답니다.

어떻게 오르고, 어떻게 내려오나

하늘과 땅이 갈라졌지만 때때로 하늘에 사는 이들이 땅으로 내려올 일이, 땅에 사는 이들이 하늘로 올라갈 일이 생겼습니다. 종교학자 엘리아데의 말처럼 '하늘과 땅의 교통이

쉬워 누구나 왕래를 하던 태초의 낙원 시대'가 있었던 것이지요. 그렇다면 하늘과 땅, 신의 세계와 인간의 세계를 오갈 수 있었던 방법은 무엇일까요?

새를 타고 가자! "아버지를 찾으러 천상에 올라갈 때 하늘에서 학 한 쌍이 내려와 양쪽 날개에 일곱 쌍둥이를 끼고 대문 밖에 내려놓았다."〈칠성본풀이〉에서 일곱 쌍둥이가 아버지를 찾으러 천상으로 올라가는 장면입니다. 이처럼 새는 우리 옛이야기에서 하늘과 땅을 연결해 주는 대표적인 수단이라고 할 수 있습니다. 새는 사람을 싣고 하늘과 땅을 오르내리기도 하고, 편지를 날개에 끼우거나 부리로 물어 전해 주기도 합니다.

무지개를 타고 가자! "돌문 밖에 나서니 하늘에서는 우르르 쾅쾅 천둥이 치고 번개가 친다. 거동을 살펴보니 무지개다리를 타고 천상으로 올라가네."〈바리데기〉에서 바리데기가 무지개다리를 타고 천상으로 올라가는 장면입니다. 무지개는 천상, 지상, 지하를 연결하는 일곱 빛깔의 상서로운 줄이지요. 무지개다리가 수놓아지면 그 위를 걸어가기도 하고, 말을 타고 가기도 합니다.

줄을 타고 가자!

"아버님이 태어나던 사월 초파일에 인간 세상으로 노각성자부줄을 타고 내려 명진국을 향해 가는데, 물가의 수양버드나무 밑에서 난데없는 울음소리가 들렸다."〈삼승할망본풀이〉에서 삼신으로 좌정하는 명진국 따님아기가 노각성자부줄을 타고 천상에서 내려오는 장면입니다. 노각성자부줄, 동아줄, 두레박이 달린 줄 등 하늘에서

내려오는 '하늘 줄'의 종류는 다양합니다. 하늘 줄은 하늘을 향해 빌면 내려오거나, 정해진 때에 내려오는 것으로 그려집니다.

용을 타고 가자! "진노한 옥황상제는 곧장 채비를 갖추고 인간 세상으로 향했다. 옥황상제가 다섯 마리 용이 이끄는 금수레에 올라앉자 그 옆을 번개장군과 벼락장군이 지키고 그 뒤를 화덕진군과 풍우도사가 따랐다." 〈천지왕본풀이〉에서 사람들을 핍박하는 수명장자를 벌하기 위해 옥황상제가 인간 세상으로 행차하는 장면입니다. 다섯 마리의 용이 끄는 금수레는 신의 지존 격인 옥황상제만이 사용할 수 있는 것입니다. 용은 하늘의 신령한 존재로, 옥황상제를 호위하고 보필하는 역할을 합니다.

덩굴을 타고 가자! "형제가 어머니에게서 박씨를 받아 뒤뜰에 심으니 곧바로 싹이 터서 덩굴이 뻗어 오르기 시작했다. 덩굴은 하늘을 향해 아득히 뻗어 구름을 뚫고 올라갔다." 〈천지왕본풀이〉에서 대별 소별 형제가 아버지인 옥황상제를 찾아 나서는 장면입니다. 대별 소별 형제는 박 덩굴을 잡고 하늘로 기어오르게 되고, 마침내 하늘 궁전에 이르게 됩니다. 옛이야기에서 덩굴은 땅에서 하늘로 오르게 돕기도 하고, 원하는 목적지로 데려가 주는 이정표가 되어 주지요.

하늘 길, 끊어지다

옛날에는 인간 세계와 신의 세계가 닫혀 있지 않았으며, 서로 오고 갈 수 있는 다정한 이웃 세계였다고 합니다. 그러나 인간의 지나친 욕심 때문에 하늘 길이 끊어졌다고 전해집니다.

중국 윈난 이라오족의 신화 옛날에는 하늘이 아주 낮아 조금 높은 곳에만 올라가면 누구나 하늘에 갈 수 있었답니다. 천신은 매일 와서 놀고 먹는 인간들이 보기 싫어서 농사를 지으라고 곡물의 씨앗을 주었지요. 한데 사흘에 한 번 먹으라는 천신의 명령을 잘못 알아들은 인간들이 하루에 세 번 먹는 바람에 지상에 똥이 넘쳐났답니다. 냄새 때문에 하늘이 높이 도망쳐 하늘 길이 끊어졌다고 합니다.

중국 쓰촨 치앙족의 신화 옛날에는 하늘로 올라가는 길이 있어 수령의 아들과 천제의 딸이 만나 사랑을 할 수 있었습니다. 아들의 결혼을 성사시키기 위해 수령은 열세 번이나 하늘에 올라가 청혼을 합니다. 덕분에 둘은 결혼을 했지만 지상에 시집온 공주는 식량을 낭비하지요. 그 후 화가 치민 천제가 하늘 길을 끊어 버려 인간과 신들은 따로 살게 되었다고 합니다.

자청비, 칼 선 다리를 타고 나서 문 도령과 혼인하다

하늘 옥황의 문 도령은 심화병이 나서 끙끙 앓고 있었다. 자신도 알아보지 못한 자청비, 문도 열어 주지 않은 자청비 때문이었다. 그러다가 무슨 생각이 났는지 문 도령은 선녀들을 모두 불러 모았다.

"너희들은 지금 내려가 무슨 일이 있어도 자청비가 먹는 물을 떠 와야 한다. 그 물을 뜨기 전에는 하늘 옥황으로 돌아올 생각일랑 하지도 마라."

선녀들은 걱정하며 자청비가 사는 마을로 내려왔다. 하지만 자청비가 먹는 물을 찾을 길이 없었다. 선녀들은 발을 동동 구르며 헤매다가 연하못가에서 제비 울듯 울기 시작했다.

마침 혼자 앉아 있던 자청비가 궁녀 선녀들을 보고 말을 건넸다.

"무엇 때문에 그리들 울고 있는지요?"

그러자 선녀들이 입을 모아 대답했다.

“우리는 하늘 옥황 문국성 문 도령의 심부름을 왔답니다. 지난밤 문 도령이 청태산에 내려왔는데도 자청비 아기씨가 문을 열어 주지 않자 화병이 나고 말았지요. 그러더니 별안간 자청비 아기씨가 먹는 물을 떠 오라고 하지 않겠습니까. 이리저리 돌아다녔지만 도대체 어느 물을 떠야 할지 모르겠습니다.”

그 말을 들은 자청비가 환한 얼굴로 입을 열었다.

“자청비가 마시는 물이라면 내가 잘 알고 있지요. 나를 하늘 옥황에 데려다 준다면 그 물은 얼마든지 떠다 줄 수 있어요.”

“그렇게만 해 주신다면 꼭 그리하겠습니다.”

선녀들의 다짐을 받은 자청비는 얼른 연하못 물을 떠서 선녀들에게 건네주었다.

선녀들은 기뻐하며 자청비에게 말했다.

“이제 이 물동이 가장자리에 올라앉으십시오.”

자청비가 물동이 가장자리에 올라앉자 물동이는 금세 하늘로 둥둥 오르더니 잠깐 사이에 하늘 옥황에 이르렀다.

선녀들은 자청비를 내려 주며 손을 들어 가리켰다.

“이곳이 문선왕이 사는 곳이고, 저곳이 문 도령이 사는 곳이랍니다.”

선녀들이 말을 마치자 자청비가 얼른 말했다.

“문국성 문 도령에게 물을 가져다주더라도 내가 여기 왔다고는 절대

* **심화병**(心火病) 마음속에서 북받쳐 나는 화. 마음속의 울화로 몸과 마음이 답답하고 몸에 열이 높아지는 병.

말하지 마세요."

"그렇게 하겠습니다."

선녀들이 대답을 하고 떠나자 자청비는 품 안에서 바늘을 꺼내 한 침 찔러 큰 고깔을 만들어 쓰고, 두 침 찔러 중의 가사를 민들이 걸치고, 세 침 찔러 큰 장삼을 만들어 입었다.

자청비는 중 차림에 밑 터진 자루를 들고 문 도령 사는 집 대문 안으로 들어가서 큰 소리로 외쳐 댔다.

"시주받으러 왔습니다. 시주 좀 하십시오. 우리 절은 절도 헐고 당도 헐은 탓에 시주받아다가 헌 절 고치고 헌 당 고치려고 왔습니다."

그때 집 안에 있던 문 도령이 어머니에게 말했다.

"어머님아, 어머님아! 말로도 시주를 하지 말고, 되로도 시주를 하지 마십시오. 그냥 주발 뚜껑으로 하나만 주어 보내 버리십시오."

아들의 말을 듣고 부인은 하녀를 불러 시켰다.

"늦인득이 정하님아! 밖에 있는 중에게 주발 뚜껑으로 한 번만 퍼서 시주를 주어 보내 버려라."

늦인득이 정하님이 주발 뚜껑으로 시주를 떠 주려고 문선왕의 쌀독을 들여다보니 흰 좀이 잔뜩 일어 있었다. 깜짝 놀라 문선왕 부인의 쌀독을 들여다보니 이번에는 검은 좀이 일어 있었다. 할 수 없이 문 도령의 쌀독을 보았더니 좀이 없이 멀쩡했다.

늦인득이 정하님은 문 도령의 쌀을 주발 뚜껑으로 한 번 떠내어 자청비에게로 갔다.

"스님, 시주받으십시오. 여기 있습니다."

자청비는 자루의 가장자리를 바르게 한 뒤 늦인득이 정하님이 주는 쌀을 곧장 자루 안에 부었다. 하지만 밑이 터진 자루인지라 쌀은 그대로 주르륵 바닥에 쏟아져 버렸다. 늦인득이 정하님은 그 모습을 보고 성을 잔뜩 내며 말했다.

"이 중 보게. 참말로 괘씸한 중이로구나. 밑 터진 자루를 들고 와서 시주 쌀을 몽땅 쏟아 버리고. 에잇, 그 쌀이나 한 톨도 남기지 말고 깨끗이 주워 가시오."

자청비는 대답도 않고 수그린 채 얼음같이 차가운 손으로 바닥에 흩뿌려진 쌀알들을 한 톨씩 일일이 주워 갔다. 쌀을 주우면서 자청비는 문 도령이 있는 집 안을 힐끔힐끔 들여다보았다. 문 도령은 어린 선비들을 모아 놓고 글을 가르치면서 긴 한숨, 짧은 한숨을 번갈아 내쉬며 아이고, 아이고 탄식만 하고 있었다. 자청비가 모르는 척 쏟아진 쌀을 알알이 다 줍고 나니, 해는 이미 서산 아래로 넘어가 버렸다. 자청비는 터진 자루 밑을 살 움켜쥐고, 쌀을 담아 대문 밖으로 나가서는 문 도령 집 앞에 있는 정자나무 밑에 가서 앉았다.

어느새 날은 어둑어둑해졌다. 문 도령에게 글을 배우는 제자들이 밤글까지 읽기를 모두 마치고는 각자 집으로 돌아갔다. 허전해진 문 도령이 사랑방에 홀로 앉아 글을 읽는데 생각할수록 자청비 행동이 원망스럽고 부아가 나서 글귀가 눈에 들어오지 않았다. 자리를 털고 문밖에 나가 오줌을 누고 돌아왔지만 탄식은 떨쳐지지 않았다.

• **주발** 놋쇠로 만든 밥그릇. 위가 약간 벌어지고 뚜껑이 있다.

그때 자청비가 담 너머 정자나무 아래 앉아 물끄러미 달을 올려다보며 혼자 노래를 지어 불렀다.

오늘이야, 오늘, 오늘이로구나. 날이 곱기는 곱다마는 초승달이요, 반달이로구나. 원천강의 사주인가, 원천강의 팔자인가. 아버지는 김진국이요, 어머니는 조진국. 내 이름은 가련하다 가령비요, 자청하다 자청비. 후천낭 연하못에서 빨래를 했더니, 하늘 옥황 문선왕의 문국성 문 도령을, 글공부 재주공부 서울 가던 문 도령을 만났구나. 옛날 옛적 문 도령이 복숭아씨 두 알 주며, 복숭아씨 고이 심어 열매 열면 따서 먹고 춘삼월 호시절에 고운 얼굴 마주하자 했는데 소식조차 없으니 나의 팔자인가, 나의 사주인가.

달밤에 홀로 부르는 자청비의 구슬프고 처량한 노랫소리는 문 도령이 앉아 있는 방 안까지 흘러 들어왔다. 귀에 익은 목소리를 듣자 귀가 번쩍 뜨인 문 도령은 저도 모르게 장단을 맞추면서 화답가를 부르기 시작했다.

달이 곱기는 곱다마는 저 달이 아무리 곱다고 한들 자청비 아기씨만큼이야 고울까!

문 도령을 따라 자청비도 소리를 했다.

달이 맑고 맑아 곱기도 곱다마는 하늘 옥황 문국성 문 도령만큼이야
고우랴!

문 도령은 그 소리를 듣고는 깜짝 놀라 버선발로 펄쩍 뛰어나갔다. 하지만 정자나무 아래에는 자청비가 아니라 머리를 박박 깎은 여승이 홀로 앉아 있었다.

"웬 중이 여기 앉아 있는 게냐? 이 중 괘씸하다. 여기 앉아서 여태껏 나를 놀리고 있었구나."

자청비는 문 도령이 자신을 못 알아보자 화가 났다.

"저를 몰라보시겠다면 이 긴 자락 보따리를 털어 보십시오."

그 말을 듣고 문 도령은 자청비가 들고 있던 긴 자락 보따리를 낚아챘다.

보따리를 펼치자 열두 폭 금색 홑단치마가 나오고, 그 위에 쉰댓 자 길고 긴 참비단 같은 머리칼을 베어 놓은 것이 나왔다. 문 도령은 그제야 자청비를 알아보았다. 문 도령은 자청비를 꼭 끌어안고는 얼른 제 방으로 데리고 들어갔다.

"그동안 도대체 어떤 일이 있었기에 이 모양이 되었소?"

"말도 마시고 이르지도 마시오. 나는 그동안 당신 때문에 할 고생 안 할 고생 온갖 고생 다 하면서 살아왔소."

"아니, 무슨 일로 그렇게 고생을 했던 것이오?"

자청비는 그때까지 고생하며 살아온 사연을 하나하나 풀어 놓았다. 문 도령은 자청비의 두 손을 꼭 잡고 연방 눈물을 닦아 내며 사연에

귀를 기울였다.

"내 다시는 당신에게 그런 고생을 시키지 않겠소. 오늘부터는 나와 함께 지냅시다."

문 도령은 나짐을 하고는 자청비를 병풍 뒤에 숨겨 두었다.

마침내 자청비를 만나 함께 있게 되면서 문 도령을 괴롭혔던 마음병은 언제 그랬냐는 듯이 말끔히 사라졌다. 식욕도 솟구치는지 밥을 먹고 난 지 얼마 지나지 않아 또 어머니를 찾았다.

"어머님아! 오늘은 느닷없이 시장기가 자꾸 돕니다. 늦인득이 정하님에게 말하여 흰 쌀죽이나 한 그릇 끓여 달라 하십시오."

아들 얼굴에 생기가 돌자 문 도령의 어머니는 얼른 늦인득이 정하님을 불러 말했다.

"늦인득이 정하님아! 너희 작은 상전님이 또 시장기가 난다 하니 흰 쌀죽이나 한 그릇 끓여다 주어라."

늦인득이 정하님이 쌀죽을 한 그릇 쑤어서 문 도령 방으로 들고 가자 문 도령이 반갑게 상을 받았다. 문 도령은 급히 먹는 척하다가 늦인득이 정하님이 나간 뒤에 몰래 자청비를 불러냈다.

그 이후로 늦인득이 정하님이 문 도령 방으로 밥상을 들고 갈 때마다 밥을 많이 퍼 가도 매번 사발이 바닥까지 드러났다. 아무리 생각해도 이상한 노릇이었다.

늦인득이 정하님이 문선왕 부인에게 가서 말했다.

"상전님아, 상전님아! 요즘 작은 상전님께서 시도 때도 없이 쌀죽을 끓여 오라고 하시더니, 밥상을 들고 가면 매번 사발 바닥까지 싹싹 비우신답니다. 아무리 생각해도 혼자 계시는 것이 아닌 것 같습니다."

"얘야! 그렇다면 네가 밥상을 들고 가서 두고 나오는 척하다 몰래 숨어 누구랑 같이 있는 것인지 한번 엿들어 보아라. 설마 길 가던 계집애라도 들어 있는 것은 아니겠지?"

부인의 분부를 단단히 받은 늦인득이 정하님은 다음 날 아침 문 도령 방에 밥상을 놓아두고 나오는 척하다 이내 몸을 숨긴 뒤 손가락에 침을 적셔 창문에 구멍을 뚫었다. 그러고는 몰래 방 안을 들여다보니 상을 받은 문 도령이 병풍 뒤로 들어가서는 고운 처녀 하나를 데리고 나오는 것이 아닌가. 문 도령은 그 처녀를 제 무릎에 앉혀 두고 다정하게 음식을 나누어 먹었다.

늦인득이 정하님은 깜짝 놀라 허둥지둥 부인에게 달려가 본 것을 모두 아뢰었다. 늦인득이 정하님의 말을 들은 문선왕의 부인이 불같이 화를 냈다.

"양반 집이 망하려면 사당군중이 드나들며 집안을 어지럽히고, 상놈이 잘되려면 양반이 된다고 하는데 이놈의 자식이 길 가던 계집아이를 끌어들여 집안을 망하게 하려고 하는구나!"

그때 하필이면 하늘 옥황 문선왕은 천왕공사를 보려고 멀리 떠나 있었다. 부인은 급히 문선왕에게 편지를 썼다.

- **사당군중**(私黨群衆) 사사로운 목적을 위하여 모인 무리.
- **천왕공사**(天王公事) 하늘나라의 임금으로 해야 하는 공적인 일.

言者不知
者不言
府
之
此
囍

문선왕님아, 문선왕님아! 삼 년 걸려 마칠 공무 일 년 만에 마치시고, 일 년 걸려 마칠 공무 하루 만에 마치시고, 어서 속히 돌아오십시오. 문국성 문 도령이 길 가던 계집아이를 몰래 데려다가 집안을 망치고 있습니다. 어서 속히 돌아와서 들여놓든지 내놓든지 어떻게든 하십시오.

문선왕 부인은 종을 시켜 편지를 문선왕이 있는 곳으로 급히 보냈다. 그런데 어찌 된 일인지 방 안의 자청비가 눈치를 금방 채고 문 도령을 불렀다.

"지금 어머님께서 나를 죽일 길을 닦고 있으니 나를 도와 살길을 마련해 주세요."

"어떻게 하면 살길을 마련할 수 있겠소?"

"어머니 방에 들어가서 내가 시키는 대로 해 보십시오."

문 도령은 자청비의 말을 마음에 새기고 어머니 방으로 들어갔다.

"제가 어머님 방에 놀러 왔습니다."

"거기 앉아 놀아라."

화가 난 어머니를 앞에 두고 문 도령은 태연하게 말했다.

"어머님아, 제가 또 시장기가 납니다. 밥이나 있으면 조금 주십시오. 먹고 가렵니다."

"식은 밥밖에는 없다."

"식은 밥도 좋습니다."

"국이 없어 못 먹는다."

"된장이라도 좋습니다."

문선왕 부인은 할 수 없이 아들에게 식은 밥에 된장을 내어 주었다. 문국성 문 도령은 두세 숟가락을 맛있게 떠먹더니 다시 입을 열었다.

"어머님아, 식은 밥도 맛있고, 된장도 맛있습니다. 그런데 어머님아, 묵은 된장이 답니까, 새 된장이 납니까?"

문선왕 부인은 문국성 문 도령의 뜬금없는 질문에 어리둥절했다. 부인은 새 된장이 달다고 하면 부잣집 아이라서 버릇없이 그것만 달라고 할까 봐 잠시 궁리하더니 이렇게 답했다.

"새 된장이 달기는 달다마는 장 냄새가 많이 나고 풋내가 돈단다. 그러니 새 된장보다는 묵은장에서 더 깊은 맛이 난단다."

"그럼, 밥은 더운밥이 좋습니까, 식은 밥이 좋습니까?"

문선왕 부인은 이번에도 문 도령이 더운밥만 달라 하며 버릇없이 굴까 봐 이렇게 답했다.

"더운밥이 따뜻하니 좋기는 좋다만 급할 때 먹으면 속을 바작바작 데워 버리니 식은 밥이 더 좋단다."

문국성 문 도령의 질문은 쉴 새 없이 이어졌다.

"어머님아, 어머님아! 그러면 옷은 묵은 옷이 좋습니까, 새 옷이 좋습니까?"

"새 옷이 반드르르 곱기는 곱다마는 어디 가서 앉으려 해도 먼지를 툭툭 털어 내야 하니 뭐가 좋겠느냐? 아무 데서나 마음 편히 앉을 수 있는 묵은 옷이 좋겠지."

"어머님아, 어머님아! 그렇다면 사람은 묵은 사람이 좋습니까, 새 사람이 좋습니까?"

"새로 만난 사람이 번지르르 곱다마는 오래 알아 온 사람이 정이 들어 좋겠지."

문국성 문 도령은 자청비가 일러 준 대로 질문을 이어 하다가 마침내 할 말을 꺼냈다.

"어머님아, 그러면 서수왕 셋째 딸에게 장가 안 들겠습니다. 묵은 사람과 살겠습니다."

"이놈아, 이놈아! 내 이미 다 알고 있다. 어디서 길 가던 계집아이를 데려다 몰래 숨겨 놓고는 집안을 망하게 하려는 것이냐?"

"어머님아, 어머님아! 길 가던 몹쓸 여자를 데려온 게 아닙니다. 가련하다 가령비, 자청하다 자청비라고 하는 여자입니다. 저와 함께 서울서 글공부도 했는데 글재주도 저보다 더 많고, 씨름을 해 봐도 저를 이기고, 달리기를 해 봐도 저를 이기고, 온갖 것이 저보다 훨씬 낫습니다. 제 속마음 알아주는 자청비와 살겠습니다."

"아이고, 이놈의 자식이 그래도 말을 안 듣는구나. 어디서 길 가던 계집아이를 데려다 놓고는 우리 집안을 망하게 하려고 하는구나."

문선왕 부인은 다시 서둘러 문선왕에게 편지를 띄웠다.

빨리 돌아와서 이 집안을 다스리십시오.

집안 사정이 급하다 싶었는지 편지를 받은 문선왕은 곧바로 답장을 보내왔다.

문국성 문 도령이 그렇게 나온다면 자청비에게 버선본을 주지 말고 내 버선 한 켤레를 만들어 올리게 하오. 그 버선을 내가 신어 발에 꼭 맞으면 내 며느리가 분명하오.

문선왕의 분부를 전해 들은 자청비는 버선본도 없이 버선 한 켤레를 뚝딱 만들어 문선왕에게 보냈다. 자청비가 보내온 맵시 있는 외씨버선은 맞춘 듯이 문선왕의 발에 꼭 들어맞았다. 그러자 그걸로 부족하다 여겼던지 하늘 옥황 문선왕은 편지를 다시 써서 보냈다.

이번에는 옷본을 주지 말고 내 쾌자를 한 벌 지어 올리게 하오. 그 옷을 내가 입어 몸에 꼭 맞으면 내 며느리가 분명하오.

문선왕의 분부를 전해 들은 자청비는 이번에도 쾌자 한 벌을 뚝딱 지어 문선왕에게 올려 보냈다. 자청비가 보내온 맵시 고운 쾌자는 맞춘 듯이 꼭 맞았다. 더할 것도 덜할 것도 없었다.

하늘 옥황 문선왕은 자청비를 쫓아낼 핑계를 더 댈 수 없게 되자 궁리 끝에 마지막 시험을 치르기로 마음먹었다. 문선왕은 명을 내려 급히 일천 선비들을 불러 모았다.

"일천 선비들아, 큰 구덩이를 파라."

일천 선비들이 서둘러 일을 하여 깊은 구덩이가 만들어지자 문선왕은 일천 선비들에게 구덩이에 수천 석의 불타는 숯을 깔아 놓고, 그 위에 쉰댓 자 되는 칼 선 다리를 만들어 놓으라고 명했다. 이글거리는 숯불 위에 새파랗게 날이 선 칼날 다리가 만들어지자 자청비에게 분부가 내려졌다.

저 칼 선 다리를 타고 하늘 옥황으로 올라 내게 절하고 다시 칼 선 다리를 타고 내려오면 내 며느리가 분명하오.

하늘 옥황 문선왕의 전갈을 받은 자청비는 다리에 오를 채비를 차렸다. 쉰댓 자 방아머리를 우두커니 둘러 얹고, 구슬동이 겹바지에 물명주 단속곳 받쳐 입고, 열두 폭 금 자수에 다홍대단 비단 치마 구슬동이 저고리를 걸쳐 입고, 뾰족하게 코가 선 버선에 태사신을 신었다.

채비를 마친 자청비는 하늘 옥황에 오르는 칼 선 다리 앞으로 나아갔다. 백탄 숯불에 달아오른 칼 선 다리는 불이 붙어 이글거렸다. 자청비는 한숨을 크게 한 번 내쉬며 다리를 올려다보았다. 그러더니 무엇이 서러운지 백옥 같은 얼굴에 구슬 같은 눈물을 주룩주룩 흘렸다.

* **버선본** 버선을 지을 때 감을 뜨기 위해 만들어 놓은 종이 본.
* **외씨버선** 오이씨처럼 볼이 조붓하고 갸름하여 맵시가 있는 버선.
* **쾌자(快子)** 소매가 없고 등솔기가 허리까지 트인 옛 전투복. 근래에는 명절이나 돌에 어린아이가 복건과 함께 입는다.
* **칼 선 다리** 칼날로 만들어진 다리.
* **방아머리** 금, 은, 옥 등으로 만든 장신구의 일종.
* **구슬동이 겹바지** 구슬 장식이 달린 겹바지.
* **단속곳** 여자 속옷의 하나. 양 가랑이가 넓고 밑이 막혀 있으며 흔히 속바지 위에 덧입고 그 위에 치마를 입는다.
* **태사신** 남자의 마른신. 비단이나 가죽으로 울을 하고, 코와 뒤축 부분에는 흰 줄무늬를 새겼다.

자청비는 하느님을 향해 눈물로 두 손 모아 간절히 빌기 시작했다.

"밝고 밝으신 하느님, 제게 죄가 있거든 홀연 강풍이나 불어 주십시오. 하지만 죄가 없거든 온 세상 수천 리에 비나 오게 하여 주십시오. 저는 행실이 불량하고 마음이 흉악한 정이 없는 정수남을 죽인 것 밖에는 죄가 없사옵니다."

자청비는 방울방울 눈물을 흘리며 하늘 향해 삼세번 축수를 드렸다.

그러자 동쪽에서 삽시간에 채롱만 한 검은 구름이 둥실둥실 떠오더니 사방 수천 리에 비가 내리기 시작했다. 시원한 빗줄기에 달아오른 칼 선 다리가 잠깐 사이 식어 버렸다. 자청비는 그제야 칼 선 다리를 타고 조심조심 나아갈 수 있었다.

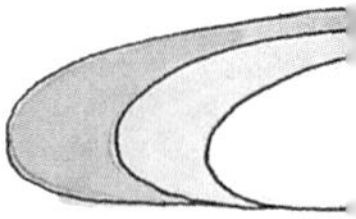

그때 옆에서 놀고 있던 궁녀 선녀 무리들이 자청비를 보고는 자기들끼리 쑥덕거렸다.

• **채롱** 껍질을 벗긴 싸릿개비나 버들가지 따위를 엮어서 함 모양으로 만든 채그릇.

"저년은 무슨 깊은 죄가 있어 쉰댓 자 칼 선 다리를 타고 오르는 거지?"

자청비는 깔깔대며 놀리는 소리에 부글부글 속이 끓었지만 갈 길이 바빠 부시런히 나리를 건넜다.

마침내 쉰댓 자 칼 선 다리를 건너 하늘 옥황에 오른 자청비는 문선왕이 사는 궁으로 나아가 절을 올렸다.

"아버님, 소녀가 당도했습니다."

"설운 아기가 올라왔구나."

첫 번째 궁문이 열리더니 이내 정월 바람살에 눈까지 사륵사륵 내려 자청비를 고생시켰다. 그때 문선왕이 나와 자청비를 향해 말했다.

"인간 세상에 있다가 무슨 일로 여기까지 온 것이냐?"

"아버님 앞에 절하러 올랐습니다."

자청비가 문선왕에게 절을 올리자 두 번째 궁문이 스르르 열렸다. 문 안으로 들어가 보니 두 손을 등 뒤로 묶고 형틀을 쓰고 앉아 있는 이들이 있었다. 자청비가 궁금해서 물었다.

"저이들은 어찌하여 저렇게 된 것입니까?"

"저들은 인간 세상에 사는 형제간인데 부모가 분가를 시켰더니 '내 것이 많다, 네 것이 많다.' 하며 싸우다가 불효죄를 지어 벌을 받고 있는 것이다."

이번에는 스르르 세 번째 궁문이 열렸다. 들여다보니 방이 두 개가 보였는데 방 하나는 매우 좋았고, 다른 방은 그렇지 못했다. 자청비는 먼저 좋고 깨끗한 방을 들여다보았는데 어떤 사람이 좋은 의복을 갖춰 입고, 질 좋고 번쩍거리는 놋그릇과 푸짐한 음식들, 맑은 물이 가득 찬 물동이까지 옆에 두고 편안하게 앉아 있었다. 이를 보고 자청비가 또 물었다.

"아버님, 저 사람은 어떤 사람입니까?"

"저자는 인간 세상에서 부모를 성심껏 공경하여 집안이 늘 화목하였으므로 저렇게 좋은 곳에서 대접을 받고 있는 것이다."

자청비는 다른 쪽 방을 들여다보았다. 그 방에는 어떤 여자가 있었는데 머리가 잔뜩 헝클어진 채 엎어져 있었다. 벌을 내리는 신장들이 여자의 목을 밟았다 놨다 하자 얼굴이 검어졌다 하얘졌다 죽었다 살았다 했다.

"저 여자는 어떤 사람입니까?"

"저 여자는 인간 세상에 있을 때 술장사를 하며 살았는데 손님들이 술에 취하면 구정물을 길어 놓아두었다가 술이라고 속여 먹인 뒤에 제값을 받았다. 또 가만히 있는 남의 서방을 꼬드겨 제집에 데려와 눕히고, 도둑질을 시도 때도 없이 했다. 그 죄가 깊어서 저렇게 다스리는 것이다."

안으로 더 들어가자 이번에는 네 번째 궁문이 스르르 열렸다. 그곳에는 인간 백성들이 말과 소를 부리며 넓고 넓은 밭을 갈고 있었다. 다섯 번째 궁문이 열리자 그곳에서도 인간 백성 수많은 남녀종이 모

• **신장(神將)** 귀신 가운데 무력을 맡은 장수신. 사방의 잡귀나 악신을 몰아낸다.

여 넓고 넓은 세경 땅을 갈고 있었다.

자청비는 농사짓는 모습을 구경하는 것이 좋았다. 삼사월에 좁씨를 뿌리는 것도 좋고, 오뉴월에 종들이 나와 앉아 김매는 것도 좋고, 칠팔월에 세경 땅에 오곡 농사가 잘되어 가는 것도 좋고, 구시월에 곡식마다 샛노랗게 단풍 든 것도 좋고, 시월에 모든 곡식 베고 거두어서 쌓아 놓는 것도 좋고, 동지섣달에 띠를 베어다 지붕에 덮는 것도 좋았다. 일 년 내내 농사짓고 사는 모습을 보는 게 무척이나 좋았다.

세경 땅을 돌아보던 중에 꽃밭에 이르자 문선왕이 자청비에게 물었다.

"너는 이 가운데 무슨 꽃이 제일 좋으냐?"

자청비는 웬일인지 동백꽃이나 정자나무 꽃이 좋다고 하면 자신을 죽일지도 모른다는 생각이 들었다. 그래서 잠시 궁리 끝에 답을 했다.

"저는 목화가 가장 고와 좋습니다."

"어찌하여 목화가 곱다는 것이냐?"

"아이고, 아버님아! 인간 세상 백성들이 옷을 만들어 입는 꽃이 목화 아닙니까? 그러니 곱고 고운 꽃 중의 꽃이지요."

그제야 문선왕은 고개를 끄덕였다.

"설운 아기야. 너는 세경신으로 들어설 운명이로구나. 이제 너를 며느리로 받아들이마. 어서 가서 문 도령하고 살림을 차려라. 칼 선 다리를 다시 타고 지금 곧 내려가거라."

하늘 옥황 문선왕에게 인사를 마친 자청비는 올라갈 때처럼 쉰댓자 칼 선 다리를 타고 내려왔다. 그때 자청비가 옥황에 올라갈 때처럼 한쪽에서 앉아 놀던 궁녀 선녀들이 그 모습을 보고는 또 자기들끼리

깔깔대며 쑥덕거렸다.

"저년은 얼마나 깊은 죄가 있기에 올 때도 갈 때도 칼 선 다리를 밟는 거지?"

자청비는 두 번이나 그 말을 듣자 빌컥 울화가 치밀었다. 그래서 홧김에 급하게 내려오다 주르륵 미끄러져 순식간에 칼날에 발뒤꿈치를 조금 베고 말았다. 상처는 크지 않았지만 벤 자리에서는 붉은 피가 번져 나왔다.

마음이 급해진 자청비는 피가 흐르는 것도 생각지 않고 문선왕 부인에게 달려갔다.

"어머님아! 하늘 옥황 아버님 전에 다녀왔습니다. 칼 선 다리 건너 올라 아버님과 세경 땅을 보고 왔습니다."

자청비는 공손히 무릎 꿇고 엎드려 절을 올렸다. 그때 문선왕 부인이 자청비의 발에서 피가 나는 것을 보고 물었다.

"네게서 피 냄새가 나는구나."

자청비는 시어머니의 말을 받아 대답했다.

"남자로 태어나면 한 번씩 번을 서고, 여자로 태어나면 한 달에 닷새 동안 월경을 합니다."

이렇게 둘러대기는 했지만 깔깔대며 놀리던 궁녀 선녀들에 대한 화는 좀처럼 가라앉지 않았다. 그래서 자청비는 시어머니의 방을 나오면서 종이로 발뒤꿈치를 쓱쓱 닦아 던지며 중얼거렸다.

"에잇, 궁녀청에나 떨어져라. 선녀청에나 떨어져라."

그러자 자청비의 피가 묻은 종이는 살랑살랑 날아 억새밭도 지나고 수수밭도 지나서 궁녀청 선녀청에 내려앉았다. 그래서 억새 잎도 불긋불긋해지고, 수숫대도 불긋불긋해졌다. 그리고 궁녀 선녀들은 자청비가 칼 선 다리를 타는 것을 보고 수군거리며 웃은 죄로 한 번 월경을 하면 열흘도 하고, 보름도 하게 되었다. 하지만 길을 가다가 자청비를 보고 불쌍히 여긴 여자들은 월경을 하더라도 하루나 이틀 밤이면 끝나 버렸다.

- **남자로 태어나면 한 번씩 번을 서고** 옛날 남자들이 변방에 나가 의무적으로 국경을 지키던 일을 뜻한다.

삼세번의 의미

숫자 3의 신화적 비밀

자청비는 문선왕의 며느리가 되기 위해 모두 세 번의 시험을 통과해야 했습니다. 버선 짓기, 옷 짓기, 칼 선 다리 건너기가 그것입니다. 세 번째 시험에서 자청비는 하늘을 향해 삼세번 축수를 드리고 무사히 칼 선 다리를 건너게 됩니다.

우리는 삼세번, '3'이라는 숫자를 좋아합니다. 내기를 할 때도 삼세번, 도전을 할 때도 꼭 삼세번을 하니 말입니다. 삼세번, 숫자 3의 신화적 비밀은 과연 무엇일까요?

첫 번째 단서

흔히 인간을 3차원적 존재라고 합니다. 인간은 자신이 의식하지 않는 가운데 3차원 공간 안에서 그 공간을 지각하며 살고 있습니다. 세상의 모든 것이 생성, 공존, 소멸이라는 세 단계를 거치듯, 우리네 삶도 태어나서 살다가 죽는 것으로 끝을 맺습니다. 이러한 삶의 단계는 한 인간의 삶을 완성시키는 구조라고 할 수 있지요. 숫자 3은 사물의 세 국면을 의미하는 것으로 결국 조화와 완성을 상징합니다.

두 번째 단서

우리는 어느 자리에서든 삼세번이라는 말을 많이 합니다. 내기를 해도 도전을 해도 삼세번을 해야 성이 찹니다. 그래서인지 우리 옛이야기에서도 3은 무수히 반복됩니다. 세 형제, 세 자매, 세 가지 소원, 세 가지 시험, 세 가지 고비, 세 가지 과업, 세 가지 보물, 세 가지 유산, 세 가지 교훈, 심지어 《해와 달이 된 오누이》에서 호랑이는 "할멈, 떡 하나 주면 안 잡아먹지."라는 말을 세 번 되풀이합니다. 이것은 우리가 의식하지 못하는 가운데 숫자 3을 완성이나 조화로 인식하고 있기 때문일 것입니다.

세 번째 단서

기독교에서는 아버지(성부)와 아들(성자), 그리고 이들 사이에 소통되는 사랑의 기운이라고 할 수 있는 성령을 세 신격이면서 동시에 하나인 삼위일체로 봅니다. 절에 가면 석가모니불을 모신 대웅전에 석가모니불만 있는 게 아닙니다. 좌우에 문수보살과 보현보살 등이 삼존불을 이루고 있습니다. 힌두교의 브라흐마, 비슈누, 시바도 삼위일체를 이루고 있습니다. 종교가 다르고 동서가 달라도 세 신의 조화와 일체가 공통적으로 나타나는 것은 결국 완성과 조화를 향한 인간의 무의식적 바람이 만들어 낸 결과인 셈입니다.

우주의 근원, 3

숫자 3이 '조화와 완성'을 뜻하는 경우를 살펴보자면 끝이 없습니다. 주몽이 동부여를 탈출할 때 그를 따라나섰던 벗도 오이, 마리, 협보 셋이었고, 모둔곡에서 만난 현자도 삼베옷, 누비옷, 마름옷을 입은 세 사람이었습니다. 유리가 아버지를 찾아 졸본부여로 갈 때 함께했던 사람도 옥지, 구추, 도조 셋이었지요. 해모수가 만난 하백의 딸도 유화, 위화, 원화 셋이었고 심지어는 고구려 각저총 벽화의 태양 속에 그려져 있는 까마귀의 다리도 셋이었습니다. 《제석본풀이》의 당금애기가 낳은 아들도 셋이었고, 《차사본풀이》의 악녀 과양각시가 구슬 셋을 삼키고 낳은 아들도 세쌍둥이였습니다. 노자가 이르기를, "도(道)가 하나를 낳고, 하나가 둘을 낳고, 둘이 셋을 낳고, 셋이 만물을 낳는다."라고 했습니다. 천지와 음양의 조화로 생성된 기운, 음양과 천지를 완전하게 하는 기운, 곧 3은 우주의 근원을 이루는 신비의 수라 할 수 있습니다.

생명과 탄생의 신 당금애기의 세 아들인 삼불제석. 무가에서 모시는 삼위(三位)의 불신(佛神)이다.

문도령의 죽음과
서천꽃밭길

고생 끝에 낙이 온다고 온갖 고초를 겪은 자청비는 마침내 문국성 문 도령과 새살림을 꾸렸다. 하지만 행복은 오래가지 못했다. 살림한 지 일 년이 채 못 되어 문선왕과 다른 나라 왕 사이에 다툼이 일어나 문선왕의 목숨이 위태롭게 되었다.

문선왕의 탄식이 밤낮으로 늘어 갈 때 자청비가 나아가 문선왕에게 물었다.

"아버님아, 아버님아! 무슨 일이 있기에 탄식을 하십니까?"

"이웃 나라와 다툼이 일어나 아무 달 아무 날에 싸우러 나오라고 하니 여간 걱정이 되는 것이 아니구나."

"아버님아, 아버님아! 걱정할 것 없습니다. 제가 비록 여자지만 한번 나가 보겠습니다."

"그 말이 정말이냐? 널 믿어도 되겠느냐?"

자청비는 문선왕을 안심시킨 후에 그날부터 두이레 열나흘을 정성 들여 비수검을 만들고, 오소리감투에 오색 갑옷도 지어 놓았다. 약속했던 날이 되자 마침내 자청비는 미리 준비해 놓은 갑옷을 입고, 감투를 쓰고, 검까지 챙겨 들고는 천리마를 타고 전장으로 나아갔다.

자청비가 싸울 태세로 당당하게 나타나자 적국의 군사들은 질세라 활을 쏘아 대며 칼을 휘둘렀다. 그때 자청비가 당황하는 기색도 없이 하늘 위로 날아오르면서 비수검을 들어 오른쪽으로 한 번 휘두르자 삼천 명의 군사들이 쓰러졌다. 다시 검을 들어 왼쪽으로 한 번 더 휘두르자 이번에는 오천 명의 대군이 쓰러졌다.

자청비가 적군을 모두 물리치고 돌아오자 문선왕이 기뻐하며 말했다.

"기특하게도 잘 싸웠구나! 무슨 벼슬을 하고 싶으냐? 무엇이든지 들어주마. 평양 감사는 어떠하냐? 팔도를 다스리는 도통제사(道統制使)는 어떠하냐? 아니면 제주도 군수를 하겠느냐?"

그러자 자청비가 손사래를 치며 입을 열었다.

"이것도 저것도 저는 하지 않겠습니다. 그냥 제주도에 들어가 살고 싶으니 물 한 쪽, 땅 한 쪽만 떼어 주십시오."

"네 뜻이 그렇다면 그렇게 하여라."

자청비는 원대로 제주도에 낙향하여 문 도령과 살림을 함께 꾸리며 살게 되었다. 하지만 다시 일 년도 채 못 살고 위기를 맞았다. 문 도령과 자청비 부부를 눈엣가시처럼 여기는 못된 선비 무리 때문이었다.

"문국성 문 도령은 고운 계집 데려다가 놀면서 편히 살고, 제주도의

땅 한 쪽, 물 한 쪽을 베어 가졌구나. 배가 아파 못 살겠다. 그러니 우리가 두이레 열나흘 낙성 잔치를 한다 속여 문 도령을 불러다가 독한 약주로 죽이고, 자청비는 데려다가 돌림마누라로 해 버리자."

못된 선비 무리는 문 도령을 없앨 계략을 짠 뒤에, 나음 날 찾아와 태연스레 말했다.

"우리가 두이레 열나흘 낙성 잔치를 하려 하니 잔칫상 받으러 꼭 오시오."

잔치가 있다는 말에 문 도령은 자청비가 새로 만들어 준 옷을 말끔히 차려입고 구경이나 한번 가 보기로 했다. 문 도령이 집을 나서자 자청비가 대문 밖까지 따라 나와 문 도령을 불러 세웠다.

"여보, 낭군님아! 내가 소매 안에 솜을 가득 넣어 놓았으니 잔칫집에서 술을 주거든 석 잔 이상은 마시지 말고 먹는 듯 마는 듯 소매 안에 모두 부어 버리시오."

"그렇게 하리다."

문국성 문 도령은 자청비의 당부를 기억하며 낙성 잔칫집으로 향했다. 잔칫집에 이르자 기다렸다는 듯이 사람이 나오더니 문 도령을 반갑게 맞이했다. 그곳에 모인 선비들은 문 도령에게 이내 술잔을 쥐어 주고는 계속해서 독한 약주를 따라 주었다.

문 도령은 첫 잔, 둘째 잔, 셋째 잔을 차례차례 받아서는 먹는 듯 마는 듯 사람들의 눈을 피해 소매 안에 부어 버렸다. 낙성 잔칫집 사람들은 문국성 문 도령이 독한 술을 주는 족족 모두 마셨으니 곧 죽을 것이라 여겼다. 그래서 문 도령을 쫓아내다시피 대문 밖으로 밀어

냈다.

"이놈! 빨리 여기서 나가거라. 네가 여기서 죽으면 누가 널 치우겠느냐!"

문 도령은 태연히 잔칫집을 나와 유유히 천리마를 타고 삼도천 거리로 향했다. 그때 문득 한쪽 팔이 구부러진 절름발이가 누더기 망태기를 어깨에 지고는 절뚝거리며 다가와 말을 걸었다.

"문국성 문 도령아! 내가 주는 술 한 잔 먹고 가소."

'저런 절름발이가 무슨 악한 마음이 있어 술잔에 약을 탔겠어?'

문 도령은 잔칫집에서 술을 먹는 둥 마는 둥 한지라 절름발이가 주는 술을 의심 없이 받아 들이켜고는 다시 천리마를 타고 집으로 향했다. 그런데 점점 정신이 아득아득 가물가물하더니 겨우 대문 안에 이르렀을 때 그만 정신을 잃고 말 아래로 떨어졌다. 자청비는 베틀을 돌리며 물명주를 짜다 말고 말 울음소리를 들었다.

'우리 말이 보통 말이 아니고 천리마 영물인데 아이고 필시 내 낭군이 죽었구나!'

자청비는 속으로 짐작하고 바로 물명주를 끊고, 열두 폭 비단 치마 둘러 입고 황급히 달려 나갔다.

"아이고, 낭군께서 정말로 죽었구나!"

자청비는 쓰러진 문국성 문 도령을 물명주 치마로 감싸서 끌어안고

- **낙성 잔치** 건물을 새로 지은 뒤에 마련하는 축하 잔치.
- **돌림마누라** 한 여자를 여러 남자가 아내처럼 삼는다는 뜻을 지닌 속어.
- **삼도천(三途川)** 본래 불교에서 저승으로 가는 도중에 있는 세 갈래의 내를 말하는 것으로 생전의 업에 따라 죽은 사람이 건너갈 여울이 정해지는데 여기서는 단순히 세 갈래의 시냇물을 가리키는 말로 쓰였다.

방으로 들어왔다. 안자리에 능화자리, 바깥자리에 꽃 멍석을 반지르르 깔아 놓고, 머리맡에 한서병풍, 발밑에 족자병풍을 휘휘 둘러친 방 안에 문국성 문 도령을 좋은 베개로 받쳐 두고, 비단 이불로 덮어 두었다. 그러고는 앞밭으로 갔다 뒷밭으로 갔다 이리저리 돌아다니며 등에를 잡아다가 등에 다리를 머리털로 일일이 묶어 문 도령 눈썹에 달아맸다.

자청비가 태연히 베틀에 앉아 물명주를 짜고 있을 때 일천 선비들이 찾아왔다. 문국성 문 도령이 죽었는지 살았는지 보러 온 것이었다.

"문국성 문 도령은 어디 갔습니까?"

자청비는 느긋이 자리에서 일어나 아무 일도 없다는 듯 대답했다.

"우리 낭군님은 어제 낙성 잔치에 가셔서 술을 잔뜩 마셨는지 많이 취해 아직 일어나지 못했습니다."

일천 선비들은 자청비의 말이 아무래도 믿어지질 않았다.

'참말로 문 도령이 자고 있을까?'

선비들은 슬며시 문 도령이 자고 있는 방문에 귀를 대 보았다. 방 안에서는 문 도령의 눈썹에 묶어 놓은 등에가 도망치려고 윙윙대고 있었다. 그 소리를 들은 선비들은 깜짝 놀라 서로를 쳐다보며 입을 딱 벌렸다.

"아따, 그놈 참 장수로구나! 독주를 석 잔이나 먹었는데도 콧소리가 저 정도니!"

선비들은 망연자실하여 자청비가 명주를 짜고 있는 베틀 곁에 와 올망졸망 서 있었다. 그 모양을 본 자청비가 태연히 입을 열었다.

"그리 서 계시지 말고 앉기라도 하십시오. 저는 명주를 짜느라 손이 바빠 내리지 못하니 그 위에 있는 무쇠 방석을 가져다 깔고 앉으십시오. 우리 집 대감이 늘 깔고 앉는 방석입니다."

선비들은 모두 달려들어 자청비가 말한 무쇠 방석을 내리려고 했다. 하지만 너무 무거워 여러 명이 달려들어도 들 수가 없었다. 선비들은 창피하기도 하고 놀라기도 하여 눈만 말똥말똥 뜬 채 우두커니 서 있었다. 자청비가 그 모습을 보고는 말했다.

"그냥 제가 내려 드리지요."

그러더니 베틀에 앉은 채로 몽둥이를 들어 방석을 툭 건드렸다. 그러자 무쇠 방석은 뎅그르릉 소리를 내며 가볍게 떨어졌다. 선비들이 더욱 쪼그라들어 무쇠 방석을 받아 깔고 앉자 이번에는 자청비가 베틀에서 내려와 부엌으로 향했다. 자청비는 큰 솥에 무쇠로 수제비를 띄워 푹푹 끓인 다음 큰 매함지에 퍼 놓고는 안쪽에 메밀나깨 수제비를 대여섯 개 넣어 선비들에게 가져갔다.

"우리 집 대감이 늘 먹는 수제비입니다. 한번 잡숴들 보십시오."

일천 선비들은 무쇠 수제비를 떠서 덥석 입에 넣었다. 그러자 어떤 놈은 이가 부서져 버리고, 어떤 놈은 잇몸이 벗겨져 피를 줄줄 흘리고, 어떤 놈은 뱉어서 던져 버렸다. 다들 입을 부여잡고 어찌할 줄 몰라 야단법석이었다. 그 모습을 조용히 지켜보던 자청비가 타박하듯 말했다.

- **등에** 파리목에 속하는 곤충으로, 몸빛은 누런 갈색이며 온몸에 털이 많고 주둥이가 바늘 모양으로 뾰족하다.
- **매함지** 맷돌질을 할 때 둥글고 넓적하여 맷돌을 앉히기가 좋은 함지.
- **메밀나깨** 메밀가루를 체에 치고 난 뒤에 남은 찌끼.

"거, 무슨 음식을 그렇게들 경박스럽게 잡수십니까? 제가 한번 먹어 볼 테니 먹는 것을 보고 이렇게 드십시오."

자청비는 함지를 앞으로 확 당겨 무쇠 수제비는 함지 한쪽으로 삭삭 밀어 두고, 메밀나깨 수제비를 건져 재빨리 입속으로 넣어 꿀꺽 씹어 삼키고는 또다시 한 개를 건져 먹었다. 지켜보던 선비 무리들은 더욱 마음이 쭈그러들어 몸 둘 바를 몰라 했다. 그 꼴을 보고 내내 참고 있던 자청비가 버럭 소리를 질렀다.

"이 고얀 놈의 자식들아, 사람을 불러다 독한 술을 먹여 죽이고는 집에까지 슬금슬금 찾아왔느냐? 뭐 좋은 것이라도 있으면 가져가려고 온 것이냐?"

화가 치민 자청비는 베틀 몽둥이를 집어 들고 보이는 대로 선비 놈들의 어깨뼈를 한 번씩 내리쳤다. 그사이 잰 놈은 재빨리 달아나고, 굼뜬 놈은 한 대씩 맞고 도망가느라 허둥지둥 정신이 없었다.

자청비는 일천 선비들을 모두 내쫓아 버리고 문 도령이 누워 있는 방을 서른여섯 용두걸쇠로, 마흔여덟 자물쇠로 단단히 채우면서 마음도 단단히 챙겼다.

'서천꽃밭 들어가서 사람 살리는 꽃을 따와 낭군을 살려 내야지.'

자청비는 비단 치마 저고리를 벗어 놓고 남자 옷으로 갈아입은 뒤 천리마에 올랐다. 그러고는 서천꽃밭을 향해 먼 길을 떠났다.

* **용두걸쇠** 대문이나 방의 여닫이문을 잠그기 위해 빗장으로 쓰는 'ㄱ' 자 모양의 쇠를 걸쇠라고 하며, 용두걸쇠는 용의 머리 모양을 따서 만든 걸쇠이다.

뼈가 붙고 살이 오르는 환생꽃

자청비는 서천꽃밭을 향해 말을 타고 부지런히 달렸다. 그러던 중 길가에 아이들이 있는 것을 보고 말을 잠시 멈추었다. 아이 둘은 죽은 궁덕새를 앞에 두고 티격태격 다투고 있었다.

"내가 먼저 주웠다."

"아니야, 내가 먼저 봤다니까."

자청비는 말에서 내려 아이들에게 말을 걸었다.

"너희들은 어째서 티격태격 싸우느냐?"

"싸우는 게 아니에요. 죽은 궁덕새 하나를 발견했는데 서로 먼저 주웠다고 그러는 거예요."

"얘들아, 그럼 그러지 말고 내가 한 냥씩 줄 테니 그걸 나한테 팔면 어떻겠느냐?"

"그럼 차라리 그렇게 하십시오."

자청비는 아이들에게 돈을 한 냥씩 건네주고는 죽은 궁덕새를 받아 말안장에 걸고 서천꽃밭으로 말머리를 돌렸다.

자청비는 어느덧 서천꽃밭 앞에 도착해서는 궁덕새를 꺼내 화살로 왼쪽 눈을 찔러 오른쪽 눈으로 빼내고 꽃밭에 던져두었다. 그러고는 서천꽃밭을 관리하는 꽃감관 댁 노둣돌에 내려섰다.

그때 양반 상놈을 구별할 줄 알아 상놈이 오면 가까이 달려와 멍멍 짖고, 양반이 오면 두 앞발을 꿇고 앉아 멍멍 짖는 발바리가 자청비를 보고는 두 발을 꿇고 멍멍 짖어 댔다. 그 소리를 듣고 서천꽃밭 꽃감관이 큰딸을 불렀다.

"큰딸아기야, 꽃밭에 도둑이 들었는지 대문 밖에 나가 보아라."

큰딸아기가 나가 보니 아무도 없었다.

"아무도 없습니다."

또다시 발바리가 멍멍 짖었다. 이번에는 꽃감관이 둘째 딸을 불렀다.

"둘째 딸아기야. 이번에는 네가 나가 꽃밭에 도둑이 들었는가 보아라."

둘째 딸아기가 대문 밖에 나가 보았지만 아무도 없었다.

"아무도 없습니다."

"그렇다면 셋째 딸아기야, 네가 나가 보아라."

셋째 딸아기가 대문 밖으로 나가 보니 노둣돌에 어떤 도령님이 서 있었다. 셋째 딸아기는 후다닥 집 안으로 달려와 아버지에게 알렸다.

"아버님아, 아버님아! 저 대문 앞에 귀신인지 사람인지 모를 도령님이 한 분 서 있습니다."

"그러면 다시 나가서 귀신인지 사람인지 물어봐라."

셋째 딸아기는 다시 대문 밖으로 나가 자청비에게 물었다.

"도령님은 귀신입니까, 사람입니까?"

"귀신이 어떻게 이러한 꽃밭에 들어올 수 있겠습니까? 나는 사람입니다."

셋째 딸아기는 자청비의 대답을 듣고는 쪼르륵 집 안으로 돌아와 아버지에게 말했다.

"아버님아, 아버님아! 사람이라고 합니다."

"그렇다면 집 안으로 들어오라 청하여라."

셋째 딸아기가 다시 나와 집 안으로 들어올 것을 청하자 자청비가 입을 열었다.

"아, 나는 다른 일 때문에 온 것이 아니라오. 서울로 과거를 보러 가는 선비인데 우연히 이 앞을 지나다가 보니 저 꽃밭 위에서 궁덕새 두 마리가 싸우고 있는 것이 아니겠소. 그래서 내가 화살 한 발을 쏘았는데 한 마리는 날아가고 한 마리는 화살을 맞았소. 그런데 어디로 떨어졌는지 찾을 길이 없어서 이러고 있다오."

셋째 딸아기가 도령의 사연을 그대로 전하자 꽃감관이 다시 딸들을 차례로 불렀다.

"큰딸아, 나가서 궁덕새를 찾아보아라."

큰딸아기가 나가 꽃밭을 살폈으나 아무것도 보이지 않았다.

"아무것도 못 봤습니다."

"그러면 둘째 딸아, 네가 나가서 찾아보아라."

둘째 딸아기도 나가 꽃밭을 살폈으나 아무것도 찾지 못했다.

"아무것도 없습니다."

"그렇다면 셋째 딸아, 네가 나가서 궁덕새를 찾아보아라."

결국 셋째 딸이 다시 나가 살펴봤다. 셋째 딸의 눈에는 화살을 맞아 죽은 궁덕새가 바로 들어왔다.

"아버님아, 아버님아! 참말로 궁덕새 한 마리가 죽어 있습니다."

"궁덕새를 이리 가져와 보아라."

서천꽃밭 꽃감관이 셋째 딸이 주워 온 궁덕새를 받아 보니 궁덕새의 왼쪽 눈에서 오른쪽 눈으로 화살 한 대가 꿰뚫어져 있었다. 꽃감관은 감탄하며 도령을 집 안으로 급히 불러들였다.

"도령은 재주가 뛰어난 선비구려. 사실 우리 집에 조화를 부리는 궁덕새가 가끔 찾아와서는 노둣돌 위에 앉아 울어 대곤 합니다. 그놈의 새가 한 번 울면 일 년 조화를 주고, 두 번 울면 그 조화가 이 년도 가고, 삼 년도 가곤 한답니다. 조화를 주면 꽃은 모두 시들시들 시들어 버리는 것이지요. 도령께 부탁이 있습니다. 우리 집에서 지내면서 나머지 궁덕새를 잡아 주면 내가 천금의 상은 물론이요, 세상 만물이라도 다 드리겠습니다."

자청비 자청 도령은 꽃감관의 말을 듣고 선뜻 대답했다.

"그렇게 하겠습니다."

자청비 도령은 곧바로 안사랑에 들어가 자리를 잡고 앉아 말했다.

"제가 문구멍으로 화살을 겨누고 있다가 궁덕새가 오거든 화살을 쏘겠습니다."

자청비 도령은 문구멍을 뚫어 화살을 겨누고는 궁덕새가 나타나기를 기다리는 사람처럼 한참을 있었다. 그러더니 밤이 점점 깊어 자정 무렵이 되자 자청비는 옷을 홀랑 벗어 두고는 홑이불을 몸에 친친 감은 채 밖으로 나갔나. 그런 다음 궁덕새가 날아와 운다는 노둣돌 위에 등을 붙이고 벌렁 누워 몸에 감은 이불을 펼쳤다.

얼마 후 과연 궁덕새 한 마리가 내려와서는 자청비 배 위에 턱 하니 앉았다. 궁덕새가 '부엉' 하고 한 번 울자 숨죽이고 있던 자청비가 기다렸다는 듯이 손을 뻗어 궁덕새를 확 잡아챘다. 곧바로 자청비는 이불 속에 숨겨 두었던 화살로 궁덕새의 왼쪽 귀를 찔러 오른쪽 귀로 빼내 노둣돌 위에 던져두고는 방으로 돌아와 속 편하게 잠을 잤다.

다음 날 아침, 간밤에 얼핏 궁덕새 우는 소리를 들은 꽃감관이 자청비를 찾아와 물었다.

"간밤에 궁덕새 우는 소리를 들은 듯한데 어떻게 됐습니까?"

"잠결에 소리가 들려 화살 한 대를 쏘기는 했습니다만 어떻게 되었는지는 저도 모르겠습니다. 한번 가서 보십시오."

꽃감관은 반신반의하며 대문 밖으로 나가 보았다. 과연 궁덕새 한 마리가 노둣돌 위에 죽어 있었는데 이번에도 화살이 정확히 왼쪽 귀에서 오른쪽 귀로 꿰뚫어져 있었다. 서천꽃밭 꽃감관은 놀랍기도 하고 반갑기도 하여 감탄하며 말했다.

"아이고, 도령님은 재주가 좋기도 하시오."

곁에서 지켜보던 꽃감관의 셋째 딸아기가 아버지에게 말했다.

"아버님아, 아버님아! 저 손님 도령님을 사위로 들이십시오."

셋째 딸아기가 은근히 부탁하자 꽃감관도 고개를 끄덕였다.

"재주가 뛰어난 도령님아, 우리 막내딸아기와 결혼하여 내 사위가 되는 것이 어떻겠습니까?"

"아니, 대감님, 어찌 그런 말씀을 하십니까? 농담이 지나치십니다."

"농담이 아니고 진정입니다. 부디 막내딸아기와 결혼해 주시오."

자청비가 깜짝 놀라며 몹시 당황하자 꽃감관은 더욱 간곡하게 말했다. 자정비 자정 도령은 더 이상 거절할 수가 없어 그렇게 하겠다고 대답하고 말았다.

마침내 자청비는 서천꽃밭 꽃감관 막내딸에게 장가를 들어 살림을 꾸려 나갔다. 두 사람은 부부가 되어 한방에서 함께 살았지만 석 달 열흘이 지나도 서방은 각시에게 손 한 번 내밀지 않았다. 꽃감관의 막내딸은 참다 참다 아버지에게 하소연을 늘어놓았다.

"아버님아, 아버님아! 도가 너무 높은 사위를 보셨는지 남녀 구별법도 모릅니다. 한방에서 석 달 열흘을 지내도 손 한 번 내밀 줄 모릅니다."

막내딸아기의 한숨 소리를 듣고 난 꽃감관은 사위를 불렀다.

"자네, 내 딸이 지체가 부족하여 그런 건가, 아니면 얼굴이 못나 그런 건가? 어찌하여 부부가 되어 한방에서 지내면서도 손 한 번 내밀지 않는 것인가?"

자청비는 짐짓 태연한 척하며 말했다.

"아, 그런 말씀이라면 말도 마십시오. 제가 처음에 여기 왔을 때 말씀드렸듯이 저는 서울로 과거를 치르러 가야 합니다. 과거 급제 전에는 각시 생각, 여자 생각이 하나도 없습니다."

사위의 뜻을 알게 된 꽃감관은 셋째 딸을 불러 놓고 사정을 이야기 하면서 달랠 수밖에 없었다. 그날 밤 자청비 자청 도령도 부인을 불러 살살 달래 가며 말을 꺼냈다.

"나는 내일이면 서울로 과거 시험을 보러 떠나야 하오. 내가 과거 급제를 하고 돌아오면 그때는 진정으로 부인과 천년 가약을 맺겠소. 그런데 과거를 보러 가기는 가면서도 서천꽃밭 구경을 한 번도 못해 봤으니 그것이 참으로 애석하오."

"그렇다면 내일 서방님께서 떠나기 전에 아버지께 청하여 꼭 꽃밭 구경을 시켜 드리겠습니다."

"그렇게 해 준다면 참으로 고맙겠소."

이튿날 아침에 꽃감관 셋째 딸이 아버지에게 달려갔다.

"아버님아, 아버님아! 아버지의 사위가 석 달 열흘이나 한집에서 살고 과거 보러 떠나는데 꽃밭 구경노 안 시키면 섭섭하지 않겠습니까? 먼 길 떠나기 전에 꽃밭 구경 한번 할 수 있도록 허락해 주세요."

"얘야! 꽃구경을 하다 보면 꽃이 하나라도 상하지 않겠느냐?"

"아버님아, 그런 것이라면 염려하지 마세요. 제가 한 송이도 상하지 않게 조심하여 구경시키겠습니다."

"그러면 그렇게 하도록 하려무나."

꽃감관의 승낙을 받은 셋째 딸아기는 의기양양 앞에 서고 자청비는 뒤에 따라가면서 서천꽃밭 꽃구경을 하게 되었다. 그 전에 자청비는 아무도 모르게 금비단 주머니를 네 귀 반듯하게 만들어 허리에 차고

있었다. 셋째 딸아기는 아무것도 모른 채 이것저것 꽃을 가리키며 신이 나서 말했다.

"이 꽃은 죽은 사람의 살이 오르는 꽃이요, 이 꽃은 뼈가 생기는 꽃입니다. 이 꽃은 허파가 되는 꽃이고, 이 꽃은 말을 할 수 있게 해 주는 꽃이고, 이 꽃은 웃음을 주는 꽃이랍니다."

자청비는 셋째 딸아기를 뒤따라가며 꽃을 슬쩍슬쩍 하나씩 따서 주머니 안에 차곡차곡 담았다.

"이 꽃은 부자가 될 꽃이고, 이 꽃은 멸망꽃이고, 이 꽃은 죽은 사람을 살리는 환생꽃입니다."

이렇게 셋째 딸아기는 꽃밭에 있는 모든 꽃을 일일이 가리키며 구경을 시켜 주었고, 자청비는 몰래 그 꽃들을 모두 따서 주머니를 가득 채워 두었다.

꽃밭 구경을 마친 자청비는 떠날 채비를 하고 인사를 올렸다.

"그럼 저는 이만 서울로 과거를 보러 가겠습니다."

서천꽃밭 꽃감관에게 절을 올리고 대문 밖을 나서자 뒤따라 나온 셋째 딸아기가 자청비를 다시 불러 세웠다.

"서방님아, 서방님아! 가실 때 가시더라도 신표 하나는 남겨 주고 가시지요."

자청비는 할 수 없이 바지 대님 한쪽을 풀고, 토시 한 짝도 벗어 셋째 딸아기 손에 쥐어 주었다. 또 큰 얼레빗 한 개를 꺼내 반으로 쪼갠 뒤 건네주며 말했다.

"이것들을 남길 테니 나중에 돌아오거든 그때 한번 맞춰 봅시다."

마침내 자청비는 서천꽃밭을 떠났다. 한참을 천리마를 달려 다시 제가 살던 마을에 이르렀다. 자청비가 자기 집 앞에 도착했을 때 집은 산딸기나무 가시나무로 뒤덮여 있었다.

자청비는 날이 고운 칼을 꺼내 엉킨 나무를 싹싹 베어 내고는 문 도령이 누워 있는 방문에 걸어 둔 서른여섯 용두걸쇠, 마흔여덟 자물쇠를 모두 열었다. 방 안으로 들어가 보니 문 도령의 살은 썩어 사라지고 뼈만 앙상하게 흩어져 있었다.

자청비는 뼈를 차곡차곡 모아 놓고는 서천꽃밭에서 따 온 뼈오를꽃, 살오를꽃, 허파가될꽃, 말을하는꽃, 환생꽃을 뼈 위에 늘어놓았다. 그러고는 때죽나무 회초리를 슬쩍 내리치자 뼈가 붙고 살이 오르더니 문 도령이 눈을 번쩍 뜨며 기지개를 쭉 켰다.

"아이고, 봄잠이라 내가 너무 오래 자 버렸나 보구려."

문국성 문 도령은 벌떡 일어나 앉았다. 가슴을 쓸어내린 자청비는 그제야 그간 겪은 일을 문 도령에게 들려주었다.

"낭군님아, 내가 마시지 말라고 한 독한 술을 마신 일이 기억나십니까? 내가 독주 먹고 죽은 낭군님을 살리려고 서천꽃밭까지 들어가 온갖 꽃을 꺾어 와 낭군님을 다시 살렸습니다."

문 도령은 놀라며 기억을 더듬었다. 잔칫집에 가서 술을 몰래 소매 안에 부은 일, 돌아오는 길에 절름발이를 만났던 일이 하나씩 떠올랐다. 고개를 끄덕이는 문 도령을 보며 자청비가 계속 말했다.

"그런데 난감한 일이 생겼습니다. 도령 차림으로 서천꽃밭에 갔을 때 꽃감관 막내딸아기를 부인으로 삼아 두고는 다시 돌아가겠다고 약속을 하고 왔습니다. 꽃을 얻으려면 그 수밖에 없었어요. 이제는 내가 다시 살 수가 없으니 낭군님께서 나 대신 그곳에 가십시오. 거기 가거든 그곳에서 삼 년을 살게 되면 나하고는 일 년을 살고, 석 달을 살거든 나하고는 한 달을 살고, 사흘을 살거든 나하고는 하루만 사십시오."

자청비는 서천꽃밭 셋째 딸아기에게 주고 왔던 신표를 보여 주고 당부의 말을 이어 갔다.

* **얼레빗** 빗살이 굵고 성긴 큰 빗.

"여기 토시 한 짝, 대님 한쪽, 큰 얼레빗 한쪽이 있으니 이것들을 잘 가지고 가세요. 그 집 사람들이 떠날 때 타고 온 말은 맞아도 사람은 아니라고 하면 시치미를 뚝 떼세요. 서울 가서 과거 급제하고 집에 돌아와 보니 그사이 어머니가 돌아가셔서 삼년상 치르고, 아버지가 또 돌아가셔서 삼년상 치르고, 그 뒤에는 심한 병이 들어 석 달 열흘 고생하고 났더니 이 모양이 되어 버렸다고 하십시오."

자청비의 말을 마음에 새기고 새긴 문 도령은 마침내 천리마를 타고 서천꽃밭을 향해 길을 나섰다.

신화 공간 탐구

서천꽃밭에 가 보자!

서울에서 채록한 〈바리공주〉에 "그대가 석삼년 열아홉 해를 살았어도 사실을 모르는가. 백설이 자진한 곳에 한 나무에 세 가지 꽃이 피었는데, 붉은 꽃은 살살이요, 푸른 꽃은 숨살이요, 흰 꽃이 뼈살이요."라는 구절이 나옵니다.
눈 쌓인 곳에 세 가지 꽃이 한꺼번에 피어나는 나무가 있으니, 그것이 바로 환생꽃이라는 것이지요. 생명력 넘치는 붉고, 푸르고, 흰 꽃과 하얀 눈이 빚어내는 조화로움이 강렬한 이 장면은 우리 무속 신화 곳곳에서 만나게 되는 서천꽃밭의 이미지 가운데 가장 인상적입니다. 서천꽃밭은 〈바리공주〉, 〈이공본풀이〉, 〈삼승할망본풀이〉, 〈세경본풀이〉, 〈문전본풀이〉 등에 공통적으로 등장하는, 신화적 상상력이 만들어 낸 공간입니다.

서천꽃밭은 어디에 있나요?

서천꽃밭은 저승의 동쪽 끝에 위치하는 신비의 공간입니다. 서쪽으로 삼천 리를 가다 보면 저승이 있고, 저승의 한쪽에 온갖 꽃이 만발한 곳이 바로 서천꽃밭이지요. 이곳은 삼색 물을 경계로 하여 이승과 연결되어 있습니다. 그리고 생불꽃과 멸망꽃, 울음꽃과 웃음꽃 등 가지각색의 신비로운 꽃이 피어 있습니다. 인간의 탄생 및 죽음과 밀접한 연관이 있는 곳이 서천꽃밭이며, 꽃은 인간의 다양한 감정을 상징하기도 합니다.

서천꽃밭에는 누가 있나요?

신화 속 인물들은 서천꽃밭에 꽃을 얻거나 지키려고 갑니다. 그중 '꽃 지킴이'로 서천꽃밭에 가는 이를 꽃감관이라고 하는데, 꽃밭에 재액과 환난을 주는 부엉새가 울면 활을 쏘아 쫓거나 정성껏 물을 주어 꽃밭을 관리하는 관리사입니다. 꽃감관은 옥황상제로부터 신직(神職)을 받아 서천꽃밭에 머물며 꽃과 관련한 모든 일을 합니다. 어린 나이에 죽은 혼령들은 극락에 가기 전에 이곳에 머물며 꽃에 물을 주는 일을 합니다.

서천꽃밭에는 무엇이 있나요?

신화의 주인공들은 꽃을 통해 내기를 하기도 하고, 사람을 살리기도 죽이기도 합니다. 이런 꽃들이 피어 있는 곳이 서천꽃밭인데, 이 꽃밭에는 진달래나 개나리가 아니라 사람살려내는꽃, 번성꽃, 환생꽃, 생불꽃, 악심꽃, 말말할꽃, 웃음웃을꽃, 오장육부그릴꽃, 숨들일꽃, 멸망꽃, 살오를꽃 등이 있습니다. 신화적 상상력이 만들어 낸 다양한 꽃들입니다. 서천꽃밭에 피어 있는 가지각색의 신비한 꽃들은 인간의 생사와 희로애락애오욕(喜怒哀樂愛惡慾)의 감정을 상징합니다. 사람을 생겨나게 하는 꽃이 생불꽃이고, 사람을 죽이는 꽃이 멸망꽃입니다. 살오를꽃, 뼈오를꽃, 오장육부간담꽃은 환생꽃이고, 웃음웃을꽃과 울음울을꽃, 불붙을꽃, 악심꽃은 감정을 표현하는 꽃입니다.

생명을 주는 환생꽃, 생명을 거두는 수레멸망악심꽃

〈바리공주〉에서는 9년 동안 바리데기가 한 노역과 험난한 여정이 환생꽃을 피웠다고 했습니다. 죽은 이를 살려 내는 환생꽃은 결코 손쉽게 얻을 수 있는 것이 아닙니다. 9년, 실제로는 그 이상의 노력을 해야 얻을 수 있는 것이지요. 삶이 아닌 죽음의 공간에서 죽은 사람을 되살릴 수 있는 꽃이 자란다는 것은 삶과 죽음을 연속적인 것으로 이해한 결과입니다.

수레멸망악심꽃은 산 자를 죽음에 이르게 합니다. 생명을 상징하는 꽃들과 함께 피어 있는 수레멸망악심꽃은 서천꽃밭의 또 다른 상징입니다. 서천꽃밭에 있는 번성꽃, 환생꽃, 생불꽃 등은 모두 '주는 것'입니다. 자손을 많이 주고 생명을 다시 줍니다. 반면 악심꽃은 '거두어들이는 것'입니다. 나쁜 마음을 거두어들이는 것이 악심꽃의 역할입니다. 수레멸망악심꽃은 나쁜 마음을 거두어들이고 없어지게 한다는 뜻을 지니고 있습니다.

인간 세상에 내려온 세 세경신

문 도령이 서천꽃밭 꽃감관 댁 노둣돌에 내려섰을 때 이번에도 발바리가 두 발을 꿇고 짖어 대기 시작했다. 집 안에 있던 꽃감관은 밖에서 개 짖는 소리가 들리자 얼른 셋째 딸을 불렀다.

"막내딸아기야, 얼른 나가 보아라. 네 남편이 온 것 아니냐?"

셋째 딸아기는 얼른 대문 밖으로 달려 나갔지만 말은 낯이 익은데 말에 탄 사람은 낯이 설었다. 실망한 셋째 딸아기는 집 안으로 들어가면서 아버지를 향해 투덜댔다.

"아버님아, 말은 맞는데 사람은 아닙니다."

그 소리를 들은 문 도령은 얼른 말을 매어 두고 집 안으로 달려 들어갔다.

"장인어르신! 장모님! 막내 사위가 왔습니다."

문 도령은 꽃감관 앞으로 나아가 넙죽 절을 했다. 하지만 꽃감관도 처음 보는 도령이었다.

"도령이 우리 사위일 리가 없소. 우리 사위는 그렇게 고생한 얼굴이 아니오."

"아이고, 장인어르신. 아무리 그래도 사위 얼굴을 못 알아보시다니요? 말도 말고 이르지도 마십시오. 서울 가서 과거 급제하고 잠시 고향집에 들렀더니 어머니가 돌아가셔서 삼년상을 치렀습니다. 연달아 아버지도 돌아가셔서 또 삼년상을 치렀는데 그 뒤로 심한 병까지 들어 석 달 열흘이나 고생을 하고 보니 얼굴이 이 모양이 되었습니다. 저를 못 알아보신다면 어쩔 수 없지요. 셋째 딸아기를 불러다 제가 헤어질 때 주었던 신표나 달라고 하십시오. 그거나 찾아서 떠나겠습니다."

"그렇다면 신표를 확인해 보세. 자네 먼저 신표를 꺼내 보게."

서천꽃밭 꽃감관은 문 도령이 내놓은 물건을 보면서 막내딸을 불렀다.

"얘야, 막내딸아기야. 신표를 가지고 나오너라."

아버지의 말을 들은 막내딸은 만지작거리고 있던 신표를 들고 나왔다. 막내딸은 문 도령이 내놓은 토시며, 대님이며, 얼레빗을 자기 것과 하나하나 맞추어 보았다. 모든 물건들이 빈틈없이 딱 맞았다. 꽃감관은 그제야 반색을 하며 문 도령의 손을 꼭 잡았다.

"내 사위가 분명하구나. 그동안 고생이 많았구먼."

그날 이후 문 도령은 꽃감관 셋째 딸아기와 부부가 되어 살림을 꾸려 갔다. 하루하루 새 각시와 즐겁게 지내던 문 도령은 그만 자청비 생각을 깡그리 잊어버리고 말았다. 시간은 쏜살같이 흘러 자청비와 약속

信

했던 삼 년도 지나가 버렸다. 그렇게 문 도령은 아무 소식이 없었다.

기다리다 못한 자청비는 문국성 문 도령에게 편지를 썼다. 물명주를 하얗게 빨아 옷을 지어 입고는 글월을 써 내려갔다.

> 문국성 문 도령아! 삼 년이나 지나도 편지 한 장 없구나. 이놈의 집에서 나 혼자는 못 살겠다.

자청비는 눈물로 쓴 편지를 새의 날개에 끼워 서천꽃밭으로 보냈다. 새는 부지런히 서천꽃밭으로 날아가 이튿날 아침 문 도령이 세수하러 나올 때를 기다려 세숫대야 위에다 편지를 떨어뜨렸다.

문 도령이 깜짝 놀라 얼른 글을 펼쳐 보니 까맣게 잊고 있던 자청비가 보낸 것이었다.

"아차차, 잊었구나! 내가 자청비를 잊어버리고 있었구나!"

문 도령은 그제야 정신이 번쩍 들어 세수도 제대로 하지 않은 채 황급히 방으로 들어와 옷을 입는데 정신은 없고 마음만 급했다. 망건을 써도 귀를 빼지 못하고, 윗당줄도 조이지 못하고 허겁지겁 아무거나 걸치고 나갔다. 말안장을 얹는다는 것이 거꾸로 얹어 놓고 꽃감관 셋째 딸아기에게는 가노라 오노라 인사말도 없이 자청비 집으로 달려갔다.

- **망건** 상투를 튼 사람이 머리카락을 걷어 올려 흘러내리지 않도록 머리에 두르는 그물처럼 생긴 물건. 보통 말총, 곱소리 또는 머리카락으로 만든다.
- **윗당줄** 망건에 달아 상투에 동여매는 줄로, 윗당줄은 상투 쪽에 맨다.

말을 거꾸로 탄 문 도령이 집에 다다를 때 집 안에 있던 자청비는 귀에 익은 말 울음소리를 듣고 문 도령이 왔다는 것을 알았다. 하지만 자청비는 문을 닫아걸어 버렸다.

말에서 내린 문 도령은 닫힌 대문을 쾅쾅 두드리며 크게 소리를 질렀다.

"자청비야, 자청비야! 이 문 좀 열어 보구려. 문국성 문 도령이 이제야 왔소."

하지만 자청비는 문 도령이 약속하여 끝끝내 잠근 문을 열어 주지 않았다. 문 도령은 할 수 없이 힘으로 잡아당겨 자물쇠를 부수고 집 안으로 들어갔다.

문 도령이 들어오자 참지 못한 자청비는 비수검을 휘둘러 천장을 뚫고 하늘 옥황으로 올라가 문선왕에게 나아갔다.

"아버님아, 아버님아! 소녀가 왔습니다. 너무나 원통하고 너무나 적막하여 이렇게 왔습니다. 문국성 문 도령이 아홉 번 죽을 일도 소녀가 미리 막아 살려 주고, 죽은 문 도령도 살리려고 서천꽃밭 고생길을 다녀왔습니다. 그런데 서천꽃밭 꽃을 꺾어 돌아올 때 꽃감관의 셋째 딸아기를 얻어 두고 올 수밖에 없었습니다. 돌아와 문국성 문 도령을 살려 낸 뒤 문 도령을 꽃감관 댁 셋째 딸에게 보내며 일러두길, '거기에서 삼 년을 살거든 나하고는 일 년을 살고, 석 달을 살거든 나하고는 한 달을 살고, 사흘을 살거든 나하고는 하루를 사십시오.'라고 했는데, 문 도령은 서천꽃밭 들어간 후 내리 삼 년이 지나도록 글월 한 장 없었습니다. 제가 오죽이나 미웠으면 그렇게 했겠습니까? 참다못해 제가 먼저 편지를 띄웠습니다. 그런데 삼 년을 훌쩍 넘어 오는 사람이 세수도 똑바로 하지 않고, 귀도 아니 빼고 망건을 쓰고, 윗당줄도 제대로 조이지 않은 채, 거꾸로 얹은 안장에 거꾸로 말을 타고 와서는 문을 열어 달라고 합니다. 너무도 야속하고 너무도 괘씸하여 문을 아니 열었습니다."

잔 잡은 팔은 안으로 굽는다고 문선왕은 아들 편을 들어 주었다.

"아무리 그래도 문은 열어 줘야 할 것이 아니냐? 그놈 가슴은 더욱 썩어 곰팡이가 일었을 것이고, 그놈 속마음은 더욱 타서 피가 고였을 것이다."

시아버지 문선왕의 말을 들은 자청비는 선떡을 먹은 듯 가슴이 먹먹했다. 이 일 때문에 세상에는 잔 잡은 팔은 안으로 휜다는 말이 생겼다고 한다. 어쨌든 문선왕은 자청비의 먹먹한 가슴은 아랑곳하지 않고 책망하듯 말했다.

"자청비야, 네게 세경 땅 다스리는 상세경을 맡기려고 했다마는 너는 이제 중세경으로 내려서거라. 네 마음이 괘씸하다. 너 대신 문 도령에게 상세경을 맡기고, 정수남에게 하세경을 맡겨야겠다."

그런 다음 문선왕은 자청비에게 오곡 씨앗을 따서 주었다.

"자, 이것을 가지고 내려가서 문 도령과 사이좋게 세경 땅을 다스려라."

자청비는 묵묵히 시아버지 문선왕이 주는 오곡 씨앗을 받아 세경 땅으로 내려왔다. 하지만 자청비는 먹먹한 가슴이 풀리질 않아 정신이

• **선떡** 잘 익지 아니하고 설어서 푸슬푸슬한 떡.

팔렸는지 메밀 씨와 나물 씨를 잊고 받아 오지 못했다. 절반쯤 내려오다 정신이 든 자청비는 오던 길을 되돌아 문선왕에게 달려갔다.

"아버님아, 아버님아! 절반쯤 가다 보니 메밀 씨와 나물 씨가 없습니다. 깜빡 잊고 받지 못했습니다."

"걱정 마라. 그것은 조금 늦어도 농사는 지어 먹는다."

자청비가 메밀 씨와 나물 씨는 다른 씨보다 늦게 받아 왔기 때문에 지금도 메밀 농사와 나물 농사는 다른 곡식 농사를 다 마친 뒤 때가 좀 지나도 농사를 지어 먹을 수 있게 된 것이다.

자청비는 오곡 씨앗을 문선왕에게서 받아 들고 다시 내려오다 문선왕이 하세경으로 삼으라고 한 정이 없는 정수남을 떠올렸다. 그래서 자청비는 음흉한 정수남을 죽였던 곳으로 가 보았다.

그런데 세월이 이미 흘러 정이 없는 정수남은 뼈만 앙상한 상태로 입에는 왕대(大竹), 가는 대(小竹), 작은 그루터기, 큰 그루터기가 무성하고, 코에는 산딸기나무, 가시나무가 무성하고, 눈에는 암눈비앗, 거친 소나무가 무성했다.

자청비는 문 도령에게 했듯이 고운 칼로 속속들이 나무 풀을 잘라내고 앙상한 뼈를 차곡차곡 맞춰 놓고는 문국성 문 도령을 살리고 남은 뼈오를꽃, 살오를꽃, 허파가될꽃, 말을하는꽃, 환생꽃을 뼈 위에 늘어놓았다. 그러고는 때죽나무 회초리를 슬쩍 내리치자 뼈가 붙고 살이 오르더니 정수남이 눈을 번쩍 뜨며 기지개를 쭉 켰다.

"아이고, 봄잠이라 내가 너무 오래 자 버렸습니다."

정수남은 자청비를 보고는 "상전님!" 하면서 벌떡 일어났다.

자청비는 어쩔 줄 몰라 하는 정수남을 데리고 어머니 조진국 부인이 있는 집으로 향했다. 자청비의 마음속에는 정수남을 죽인 죄로 집에서 쫓겨나던 지난날이 자꾸만 떠올랐다.

옛집에 이른 자청비가 어머니를 불렀다.

"어머님아, 어머님아! 정이 없는 정수남을 살려 오래서 살려 왔습니다. 다시 데리고 가십시오."

"아니, 사람을 어떻게 죽이고 살릴 수가 있느냐? 나는 못 데리고 있겠다. 네가 어서 데리고 떠나거라."

자청비는 할 수 없이 정이 없는 정수남을 종으로 데리고, 문국성 문도령과 함께 세경 땅으로 씨를 뿌리고 오곡 농사를 다스리러 내려갔다. 셋이서 한참을 내려가다 보니까 큰 보리 씨 두 섬은 갈 수 있는 큰 밭에서 아홉 머슴이 아홉 소까지 거느리고 밭을 갈고 있었다.

그 모습을 본 자청비는 걸음을 멈추고 정수남을 불렀다.

"정이 없는 정수남아, 한참을 오다 보니 시장기가 도는구나. 저 밭에 내려가서 점심이나 얻어 오너라. 저 밭의 머슴들이 밥을 주거든 만석꾼 부자로 보답하고 가자꾸나."

정이 없는 정수남은 자청비의 분부를 받아 밭으로 내려가서 밭을 가는 아홉 머슴에게 말을 걸었다.

"여보시게 일꾼님들, 세경신 하느님께서 이 앞을 지나가다 보니 시장

* 암눈비앗 익모초의 다른 말.

기가 돈다며 점심밥을 얻어 오라고 해서 왔소이다. 남은 밥이 있거든 조금만 내주시오."

"길 가는 연놈들 나눠 줄 밥은커녕 아홉 머슴, 아홉 소가 농사하면서 먹을 밥도 없다."

머슴들은 매정하게 정수남을 쫓아 버렸다. 빈손으로 돌아온 정이 없는 정수남은 자청비에게 그 말을 그대로 전했다. 그러자 자청비는 등에를 삽아다가 머슴들 몰래 농사짓는 아홉 소의 귓속에 일일이 찔러 넣었다.

얼마 후 소들은 귓속에서 등에가 꼬무락꼬무락 웅웅거리자 기겁을 하며 날뛰더니 사방으로 뿔뿔이 달아나 버렸다. 그 바람에 밭을 갈려고 들고 온 보습도 가로로 세로로 뒤엉켜 바작바작 부러져 버렸다.

자청비는 거기서 그치지 않고 아홉 머슴들에게 급체를 주었다.

"아이고, 배야. 아이고, 배야."

머슴들은 별안간 배탈이 나서 아우성을 치며 죽어 갔다. 머슴들의 모습을 조용히 지켜보던 자청비가 입을 열었다.

"이놈들아, 생각해 봐라. 사람이 죽음과 맞설 수가 있겠느냐? 정이 없는 정수남아, 저 아홉 머슴들의 배꼽을 둘째 손가락으로 꾹 누르고 왼쪽으로 일곱 번, 오른쪽으로 일곱 번을 돌려 보아라."

정이 없는 정수남은 자청비의 분부대로 아홉 머슴 있는 곳으로 내려가서 일일이 붙잡고 배꼽을 눌러 돌렸다. 그랬더니 아홉 머슴들은 언제 그랬냐는 듯이 모두 오뚝오뚝 일어났다. 하지만 농사짓던 밭은 모두 엉망진창이 되어 아홉 머슴들은 뿔뿔이 흩어져 제집으로 돌아가야만 했다.

자청비가 다시 문 도령, 정수남과 함께 길을 떠나 고개를 넘어가다 보니 청태산 마귀할망 내외가 남의 밭을 갈고 있었다. 그것을 본 자청비가 정수남을 또 불렀다.

"정이 없는 정수남아! 저 밭에 가서 점심이나 얻어 와라. 우리가 아직도 시장기가 있으니 저들에게 부탁하여 밥을 주거든 만석꾼 부자로나 만들어 주고 가자."

정이 없는 정수남은 남의 밭을 갈고 있는 청태산 마귀할망에게 다가가 말을 건넸다.

"세경신 하느님께서 점심밥을 얻어 오라고 합니다. 조금만 얻을 수 있겠소?"

"아이고, 그럼요. 그렇게 하시지요."

밭을 갈던 하르방도 일손을 잠시 멈추더니 할망을 보고 소리쳤다.

"여보시오, 할망! 우리는 적게 먹어도 되니 많은 것으로 드리시오."

"그렇게 하지요."

마귀할망은 대답을 마치자마자 점심밥을 꺼내 주었다. 그런데 주는 것을 보니 보리를 볶아서 벌겋게 만든 범벅이었다. 정수남이 범벅을 가져오자 상세경 문국성 문 도령, 중세경 자청하다 자청비, 하세경 정이 없는 정수남, 세 세경신들이 둘러앉아 나눠 먹기 시작했다. 하지만

* **보습** 땅을 갈아 흙덩이를 일으키는 데 쓰는 농기구. 삽 모양의 쇳조각으로, 쟁기나 극젱이의 술바닥에 끼워서 사용한다.

아무리 먹어도 범벅이 줄어들지 않았다.

배를 든든히 채운 상세경, 중세경, 하세경은 밭으로 내려가 밭을 갈고 있는 청태산 마귀하르방에게 말했다.

"덕분에 배불리 식사도 했으니 우리가 대신 밭을 갈아 드리겠습니다."

세경신들이 동서로 한 번 크게 따비질을 하자 소 서너 마리가 갈 밭이 한 번에 갈아엎어졌다. 몇 번 더 따비질을 하니 밭은 금세 고르게 갈렸다.

그때 자청비가 다시 입을 열었다.

"이제 하르방은 서서 씨앗이나 뿌리십시오. 우리는 하르방이 뿌린 씨앗이나 골라 드리겠습니다."

"그럼 그렇게 하리다."

청태산 마귀하르방이 자청비가 시킨 대로 밭에 씨앗을 뿌리기 시작하자 옆에 있던 마귀할망이 끼어들었다.

"영감, 잡초 씨도 섞어 뿌리십시오. 잡초가 자라거든 심심할 때 소일 삼아 김이나 매면 좋지 않겠어요."

그 말을 듣고 마귀하르방은 잡초 씨를 섞어 뿌렸다. 그 때문에 지금 세상 농사짓는 논밭에는 잡초가 무성하게 된 것이다.

하르방이 씨를 다 뿌리자 세경신 자청비가 복을 빌었다.

"한 되를 갈 수 있는 땅에는 백 바리를 실을 만큼, 한 말을 갈 수 있는 땅에는 천 바리, 만 바리를 실을 만큼 곡식을 마련해 주소서. 청태산 마귀할망 내외를 만석꾼 부자로 만들어 주소서."

세경신 자청비가 농사가 잘되게 해 달라고 비는 것을 듣고 있던 마귀할망이 끼어들며 입을 열었다.

"아이고, 세경님아! 그 정도 가지고 우리가 어디 먹고살겠습니까? 농사지어 거둔 것을 검은 암소에 실으면 소의 등이 톡 구부러질 만큼은 되어야 우리 두 늙은이가 쌓아 두고 배불리 먹습니다요."

이때 마귀할망이 세경신에게 쓸데없이 입방정을 떨었기 때문에 지금 세상 곡식이 익어 갈 때 누런 조에 꺼먼 재가 나는 조화가 생기는 것이다. 그래서 지금도 씨 뿌리는 데 가서는 '잦게 뿌려라, 넓게 뿌려라.' 주책없는 소리를 하지 않는 것이다.

이렇게 하여 자청비는 문국성 문 도령과 부부가 되어, 정이 없는 정수남을 거느리고 세경신이 되었다. 상세경은 문 도령, 중세경은 자청비, 하세경은 정수남. 세 세경신은 나란히 세상 농사를 돌보며 풍년도 내리고 흉년도 내리는 일을 하게 되었다. 그래서 세경신을 모시는 사람들은 세경신을 부를 때마다 이렇게 소원을 하늘에 올린다.

세경신 하늘님아
우리 소원 들어주소서.
옛날 옛적 서수왕의 막내딸아기가
문국성 문 도령에게 시집을 못 가
원한이 맺히고 맺혀
인간 세상에 내려와

* **따비질** 쟁기보다 조금 작고 보습이 좁게 생긴 농기구로 풀뿌리를 뽑거나 밭을 가는 것.

액을 주고 병을 주니 막아 주소서.
누런 조에 재가 생기는 것도
나락에 피가 생기는 것도 막아 주소서.
익은 공이 말라 죽는 병도
익은 팥에 스는 해충도 막아 주소서.
목화밭에 깨밭에 생기는 벌레도
메밀밭 나물밭을 밍치는 독충도 막아 주소서.
오이를 갉아 먹고 감자를 갉아 먹는
굼벵이도 막아 주소서.
우리 집에 소 한 마리를 마련하게 하시고
소가 생기거든 날랜 송아지를 쑥쑥 낳게 하시고
말이 생기거든 날랜 망아지를 많이 많이 거느리게 하소서.
세경신 하느님아
모든 것이 없는 것이 없이
온 집안이 대대로 풍족하게 하여 주소서.

이본 살펴보기

〈세경본풀이〉 다시 보기

〈세경본풀이〉는 제주도에서 구전되는 신화입니다. 이처럼 구전되는 이야기는 전승 과정에서 조금씩 변하고 바뀌게 됩니다. 현재는 박봉춘, 안사인, 한행수, 강을생, 이달춘, 강순선, 고대중, 이용옥이 구연한 〈세경본풀이〉가 채록되어 전해지고 있습니다. 〈세경본풀이〉의 이본들은 누가 구연한 것인가에 따라 내용의 결이 조금씩 다릅니다. 왜 자청비와 정수남의 인연은 계속되는 것일까? 문 도령과 결혼을 약속한 서수왕 셋째 딸은 어떻게 되었을까? 혹시 자청비 이야기를 따라오면서 이런 생각을 해 보았나요? 그렇다면 〈세경본풀이〉의 이본들이 이런 궁금증을 해결해 줄 것입니다.

자청비와 정수남은 한날한시에 태어난 운명

자청비와 정수남은 뒷날 나란히 세경신으로 자리하게 되지만, 얽히고설킨 인연이 아닐 수 없습니다. 그들은 왜 그렇게 질긴 인연을 이어 가야만 했던 것일까요?

김진국 부부가 수륙재 정성을 올리고 태몽을 꾸니 김진국은 청감주 술에 호박 안주를 먹는 꿈이었다. 해몽하는 사람을 불러 꿈 이야기를 하니 딸을 낳을 꿈이라고 했다. 그때 옆에 있던 하녀 늦은득이 정하님이 소주에 돼지고기 안주를 먹는 꿈을 꾸었다고 하자, 그것은 아들을 낳을 꿈이라고 했다. 달이 차고 조진국 부인이 아기를 낳으니 어여쁜 딸, 자청비였다. 같은 날 같은 시에 하녀 늦은득이 정하님은 아들을 낳아서 이름을 정수남이라 했다. 동개남은중 절에서 수륙재 정성을 올리기로 해 놓고 서개남무광 절에서 수륙재를 올리자 이를 괘씸히 여긴 육관 스님의 조화로 자청비는 딸이 되었고, 정수남은 아들로 태어난 것이다. _박봉춘 구연본

자청비가 여자아이로 태어날 것임은 예견된 것이었습니다. 여러 〈세경본풀이〉에서 시주가 부족한 것과 서개남무광 절에서 수륙을 드린 것을 주된 이유로 들고 있지요. 그중 박봉춘이 구연한 〈세경본풀이〉에서는 정수남과 자청비가 한날한시에 태어난 운명이라고 이야기합니다.

칼 선 다리에 오르지 못한 서수왕 셋째 딸

본래 문 도령의 짝은 서수왕의 셋째 딸이었습니다. 깊은 구덩이, 수천 석의 불타는 숯 위에 놓인 칼 선 다리를 자청비가 건너지 못했더라면 이들의 운명도 뒤바뀌지 않았을까요?

> 자청비가 칼 선 다리를 건너자 문 도령의 부모는 자청비를 며느리로 인정했다. 그러고는 서수왕 셋째 딸과의 혼인을 무르는 편지를 보냈다. 서수왕 셋째 딸은 화를 내며 편지를 혹혹 비벼서 불에 태워 물에 타 먹었다. 그런 다음 방문을 꼭꼭 걸어 잠그고 드러누웠다. 석 달 열흘 백일이 되어 방문을 열어 보니 서수왕 셋째 딸은 죽어서 새가 되었다. 머리에서는 두통새, 눈에서는 흘깃새, 코에서는 악심새, 입에서는 헤말림새가 나왔다. _안사인 구연본, 이용옥 구연본

> 문 도령의 어머니는 자청비와 서수왕 셋째 딸을 불러 놓고 칼 선 다리를 건너는 사람이 며느리가 분명하다고 했다. 자청비와 서수왕 셋째 딸이 머뭇거리며 뒤로 물러서자 서수왕 셋째 딸부터 칼 선 다리에 오르라고 했다. 서수왕 셋째 딸은 죽으면 죽었지 칼 선 다리는 건널 수 없다고 했다. 자청비는 하늘에 축수를 올려 한줄기 비를 내리게 하고, 칼 선 다리를 건넜다. _이달춘 구연본

지상의 존재인 자청비는 문 도령과 혼인하기 위해 시험을 통과해야 했습니다. 여러 〈세경본풀이〉에 나오는 시험의 내용은 구덩이를 파고 그 속에 숯불을 피운 다음 그 위에 칼 선 다리를 놓아 건너는 것입니다. 이 시험은 자청비에게만 주어지기도 하고, 문 도령과 혼약을 맺은 서수왕 셋째 딸과 더불어 주어지기도 합니다.

깊이 읽기

풍흉은 어디에서 오는가?

함께 읽기

자청비 되어 보기

깊이 읽기

풍흉은 어디에서 오는가?

제주 대표 여신 자청비

우리 신화에는 여신들이 유독 많습니다. 바리데기를 비롯하여 당금애기, 원강암이, 감은장애기, 청정각시, 백주노, 삼승할망, 저승할망, 마고할미, 명월각시, 오늘이, 그리고 자청비. 하나같이 소중한 여신들이고, 듣고 보면 가슴 아픈 사연도 적지 않은 여신들입니다.

그런데 이들이 처음부터 신이었던 것은 아닙니다. 우리가 잘 아는 그리스 신화의 신들과 다르지요. 그리스 신화의 신들은 대부분 태어날 때부터 신의 지위에 있습니다. 그러나 우리 신화의 신들, 특히 여신들은 인간으로 태어났다가 신이 됩니다. 우리의 여신 신화들은 한 여성이 여신으로 다시 태어나는 과정을 보여 주는 이야기라고 해도 지나치지 않습니다.

이 가운데 가장 잘 알려진 여신이 바리데기입니다. 바리공주라는 고귀한 이름으로도 불리는 이 신은 아들을 간절히 바라는 오구대왕의 일곱째 딸로 태어나는 바람에 버려지지요. 하지만 역설적이게도 오구대왕은 자신이 저지른 잘못으로 죽을병에 걸려 사경을 헤매게 됩니다. 그때 아버지를 구하기 위해 죽음의 길, 저승길로 떠나는 것이 바로 바리공주지요. 바리공주를 심청과 닮았다고 하는 까닭이 여기에 있습니다. 바리데기는 저승에서 약수를 구해 아버지를 살린 공덕으로 여신이 됩니다. 우리 여신들은 대개 이런 희생의 길을 통해 신이 되었습니다.

여신들 가운데 바리데기만큼이나 돋보이는 존재가 자청비입니다. 자청비는 제주도 무가 〈세경본풀이〉의 주인공이지요. 제주도 심방(무당)들이 농사나 목축이 잘되기를 비는 굿을 할 때 모시는 신이 세경신인데 〈세경본풀이〉는 세경신 자청비의 내력을 풀어내는 심방의 노래입니다. 〈세경본풀이〉의 여주인공 자청비는 바리데기처럼 인간 세상 김진국 대감의 딸로 태어나 갖은 시련을 거친 후에 여신으로 거듭납니다. 한반도를 대표하는 여신이 바리데기라면 제주도를 대표하는 여신은 자청비입니다.

그런데 자청비가 겪는 시련과 시련을 이겨 내는 방법은 바리데기와는 상당히 다릅니다. 바리데기가 자신에게 운명처럼 주어진 길을 조용히 걸어간다면 자청비는 운명과 맞서는 모습을 보여 줍니다. 그래서 학자들이 자청비의 얼굴에서 고전 소설의 주인공 춘향의 모습을 찾으려고 하는 것 같습니다. 〈세경본풀이〉를 깊이 읽으려면 바리데기와는 다른, 나아가 여느 여신들과도 다른, 시련에 맞서는 자청비 특유의 모습을 찾아야 할 것입니다.

자청비는 어떤 시련을 겪었나?

《자청비》를 끝까지 읽은 사람이라면 누구나 가지는 물음이 있습니다. 《자청비》의 주인공은 누가 봐도 자청비지요. 그런데 자청비만 세경신이 되는 것이 아니라 별로 한 일이 없는 것 같은 문 도령도, 나쁜 놈인 정수남도 세경신이 된다는 것이지요. 더군다나 자청비는 문 도령보다 지위가 낮은 중세경신이 됩니다. 왜 그럴까요? 이 의문을 풀어야 우리는 《자청비》가 이야기하는 자청비의 시련을 제대로 이해할 수 있습니다.

의문의 실마리는 이미 이야기의 첫머리에 마련되어 있습니다. 우리나라 옛이야기들의 상투적인 공식대로 《자청비》에도 집안은 넉넉하지만 늙도록 자식이 없어 고민하는 부모가 등장합니다. 김진국 대감과 조진국 부인이 그들이지요. 이야기 공식에 따르면 다음에 이들이 해야 할 행동은 기자치성(祈子致誠)입니다. 그리고 이때쯤 나타나는 인물이 도우미 스님입니다. 제주도 동쪽에 있는 절의 화주승이 등장해 우리 절에 정성을 드리면 아들을 낳을 수 있다고 권하지요. 그런데 정성을 드리는 과정에서 두 가지 실수가 생깁니다. 하나는 불공을 드리러 가는 도중에 먼 동쪽 절 대신 가까운 서쪽 절로 간 것이고, 다른 하나는 공양드릴 제물에서 반 근을 덜어 내 버린 것입니다. 《자청비》에서는 이 두 가지 실수 때문에 아들 대신 딸이 태어났다고 하고 있습니다.

자청비의 이런 출생 내력은 여성을 부족한 존재로 인식하는 남성 중심적 문화에서 비롯됩니다. 요즘은 아들을 꼭 낳아야 한다는 생각이 거의 없어졌지만 과거에는 그렇지가 않았지요. 아들을 낳기 위해 온갖 노력을 마다하지 않았습니다. 절에 가서 치성을 드리기도 하고, 달빛을 마시거나 개구리 알을 먹기도 하고, 돌미륵의 코를 긁어 먹기도 했지요. 바리데기가 쫓겨난 이유도 아들을 얻지 못한 아버지의 분노 때문이었습니다. 이렇게 보면 자청비도 바리데기와 비슷한 처지로 태어난 셈이지요. 그런데 여자라는 이유로 자청비가 당하는 시련은 이것만이 아닙니다.

빨래하러 갔다가 문선왕의 아들 문 도령을 만난 자청비는 문 도령과 함께 글공부를 떠나지요. 하지만 자청비가 아니라 김 도령으로 행세합니다. 남장을 하지 않으면 동행할 수 없는 처지였기 때문입니다. 우리 고전 소설에 등장하는 영웅적 여주인공의 대부분이 남장으로 전쟁에 나가 싸우는 것도 이 때문입니다. 남장 자체도 문제지만 더 큰 시련은 글공부를 하면서 당하는 어려움입니다. 김 도령을 의심한 글방 선생은 옷을 벗고 달리기를 하라고 하고, 씨름, 오줌 멀리 싸기 시합을 시킵니다.

자청비가 지상에서 겪는 시련의 압권은 정수남의 괴롭힘입니다. 학수고대하던 문 도령 소식에 혹한 자청비가 정수남을 따라나서지요. 이때부터 정수남은 갖가지 방법으로 자청비를 괴롭힙니다. 억지로 고사를 지내게 하여 고사 음식 혼자 먹기, 말안장에 소라 껍데기 넣어 말 못 타고 걸어가게 만들기, 점심으로 싸 온 메밀 범벅 혼자 먹기, 옷 벗고 꽁무니 보이며 물 마시게 하기 등등. 가히 놀부심술타령의 여성 학대판이라 할 만하지요. 그러다가 거짓말이 드러나자 그때부터 정수남은 노골적으로 손을 만져 보자, 입을 맞춰 보자, 허리를 안아 보자며 달려듭니다. 자청비가 상전인데도 정수남은 아랑곳하지 않습니다. 글방의 수난이나 하인의 학대나 모두 여성이기 때문에 당하는 시련이지요.

시련의 정점은 하늘 옥황 문선왕의 시험입니다. 문 도령과 결혼하겠다는 자청비에게 시아버지가 될 문선왕이 시험 문제를 냅니다. 참으로 무지막지한 문제지요. '내 며느리 될 사람은 구덩이에 숯불을 피우고, 그 불 위에 칼날이 선 다리를 놓고 건너야 된다.'라는 것입니다. 정수남보다 더한 학대지요. 요즘 세상에 이런 시험 문제를 내는 시아버지가 있다면 신문이나 방송에서 떠들썩하게 보도하며 이야깃거리로 삼을 것입니다. 물론 이 시험은 무당이 내림굿을 할 때 칼을 타는 장면을 상징화한 것이기도 합니다. 동시에 전통적인 가부장제 사회에서 며느리나 여성이 겪는 간난신고를 반영한 것이기도 합니다. 이렇게 고생을 해서 문 도령과 결혼했지만 수난은 거기서 끝나지 않습니다. 이웃 선비들에게 독살당한 남편을 살려야 하는 또 다른 고난이 자청비를 기다리고 있지요. 이처럼 제주도 대표 여신 자청비는 끝없는 시련의 길을 걸어갑니다.

자청비는 어떻게 시련을 넘어섰을까?

자청비의 시련만을 이야기했더라면 《자청비》는 한 여자의 눈물 어린 신세타령으로 끝났을 것입니다. 《자청비》의 진면목은 시련을 넘어서는 자청비의 활달한 활약상에 있습니다. 그게 상징적으로 드러나는 것이 바로 이름입니다. 기대와는 달리 딸이 태어났지만 아버지 김진국 대감은 "부인님아, 자청하여 낳았으므로 아기 이름을 자청비(自請妃) 석 자로 지으면 어떻습니까?"라고 묻지요. 이 물음은 《자청비》가 여성을 버려야 할 존재로 여기지 않는다는 것을 보여 줄 뿐만 아니라 자청비가 대단히 적극적인 여성으로 성장하리라는 것을 암시해 줍니다.

첫머리의 암시대로 자청비는 자신의 뜻을 적극적으로 펴면서 시련을 이겨 나갑니다. 아버지가 '계집의 글공부'를 막아서자 글 모르면 제삿날 지방도 못 쓴다고 반박하는 지혜를 발휘합니다. 남성 중심적 사회의 통념에 대한 참으로 통쾌한 반론이지요. 우리가 읽은 강을생 창본에서는 부모가 글공부를 적극 권유하기까지 합니다. 김 도령의 정체를 밝히려는 글방 선생의 시험 앞에서는 소라 껍데기를 사타구니에 매달거나 대나무 붓자루를 이용해 오줌을 갈기는 꾀를 발휘합니다. 이렇게 임기응변에 뛰어난 것만 봐도 자청비가 '똑순이'라는 것을 알 수 있지요.

자청비는 똑똑할 뿐만 아니라 역사(力士)나 전사(戰士)로서의 능력도 지니고 있습니다. 글방 선생이 여자는 힘이 약하다고 씨름을 시키자 문 도령을 넘어뜨립니다. 그뿐이 아니지요. 옥황에 올라가 문 도령과 결혼한 뒤 시아버지 문선왕이 다른 나라와 전쟁을 할 때에는 천리마를 타고 단숨에 적군을 무찌르는 전사가 됩니다. 자청비와 문 도령의 모습을 보면 우리가 관습적으로 생각하는 힘센 남자, 약한 여자라는 대조적 이미지가 역전되어 있습니다. 이 역시 우리의 통념을 뒤집는 것이지요. 정수남에게서 성적 학대를 당하던 자청비가 새벽녘에 어쩔 수 없이 담뱃대나 청미래덩굴로 정수남의 귓구멍을 찔러 죽이는 것도 이런 능력의 결과로 보입니다. 자청비는 남에게 기대지 않고 스스로 지닌 능력으로 시련에 맞섭니다.

이런 자청비의 지혜와 힘이 압축되어 나타난 것이 서천꽃밭 장면이 아닌가 합니다. 칼 선 다리의 고초를 건너고 전공을 세운 자청비가 문 도령과 제주도에 정착하는데 둘의 행복을 시기하는 못된 선비들에게 공격을 당합니다. 자청비의 당부를 어긴 문 도령은 결국 선비들에게 살해되고 말지요.

서천꽃밭은 바로 죽은 문 도령의 목숨을 되살릴 수 있는 환생꽃이 피어 있는 공간입니다. 이곳은 바리데기가 아버지를 살리기 위해 갔던 곳으로 환생꽃을 얻기 위해 온갖 고생을 했던 공간입니다. 하지만 자청비에게는 지혜와 힘을 발휘하는 공간이지요. 자청비는 화살로 서천꽃밭의 골칫덩어리인 궁덕새를 잡고 그 덕으로 꽃밭 감독관의 사위가 됩니다. 또 환생꽃을 얻어 와 문 도령을 되살려 냅니다. 바리데기가 빨래 삼 년 나무 삼 년 밥 삼 년을 하고, 아들 셋을 낳는 힘겨운 삶을 살았다면 자청비는 여성적 제약을 넘어서는 능동적 활약을 펼친 것입니다.

이처럼 자청비는 남성 중심적 사회가 여성에게 부과한 여러 가지 제약을 적극적으로 돌파하는 여성입니다. 자청비를 춘향과 견주는 이유가 여기에 있습니다. 제주도 사람들은 제주 여성들을 '남자 없이도 잘 사는 여자'라고 한답니다. 삼다도라는 별명을 지닌 섬의 팍팍한 삶이 그런 여성들의 모습을 빚어냈을 것입니다. 남자가 적으니 남자 없이도 잘 살 수밖에 없지 않았을까요? 이런 제주 여성들이 모인 굿판에서 불리는 무가가 《자청비》입니다. 그러니 자청비의 얼굴에는 진취적인 제주 어멍, 제주 할망 들의 삶에 대한 적극적인 태도가 새겨져 있다고 해도 과언이 아니겠지요. 제주도 토박이 여신인 자청비의 씩씩한 모습은 바로 제주 여성들의 모습입니다.

자청비는 왜 세경신이 되었을까?

그런데 아직도 풀리지 않은 의문이 있습니다. 그것은 '왜 시련을 이기고 문 도령과 결혼한 자청비가 농사의 풍흉을 좌우하는 농경신이 되었을까?' 하는 의문입니다. '문선왕이 내려 준 오곡 씨앗을 가지고 땅으로 내려왔으니까!' 이렇게 간단히 대답할 수도 있겠지요. 하지만 곧바로 '왜 자청비에게 오곡 씨앗을 주었을까?' 하는 또 다른 물음이 뒤따르지요.

이 의문을 해결하려면 자청비가 시련을 이기는 과정에서 한 일을 잘 살펴야 합니다. 자청비는 자신의 꾀와 힘으로 죽은 문 도령을 되살리지요. 이미 뼈만 남은 문 도령의 뼈를 모아 뼈오를꽃, 살오를꽃, 환생꽃으로 되살려 냅니다. 문 도령만 살리는 게 아니라 자신이 살해한 정수남까지 살립니다. 자청비는 마른 땅처럼 메마른 두 사내의 뼈를 모아 생명을 주는 영험한 존재입니다. 이는 마치 메마른 땅에 봄비가 내린 뒤 새 생명이 솟아오르는 자연의 순환 과정과 유사합니다. 죽은 것처럼 땅속에 갇혀 있던 씨앗이 되살아나는 것이니까요. 자청비가 농사의 풍흉을 좌우하는 여신이 될 수 있는 이유가 여기에 있습니다. 자청비가 겪은 갖은 시련이 한 해의 농사에 닥쳐오는 갖은 재해를 상징하는 것으로 볼 수 있는 것이지요.

이런 세경신의 영험한 능력이 《자청비》의 마지막 장면에서 구체화됩니다. 자청비는 세경신이 되어 지상으로 내려오는 과정에서 인색한 부잣집 아홉 머슴들에게 급체를 주고, 또 낫게 하는 신성한 능력을 보여 줍니다. 반대로 자신들이 먹을 것도 부족한 청태산 할머니 부부가 범벅을 대접하자 농사가 잘되도록 복을 줍니다. 세경신은 인색한 부잣집의 농사는 돌보지 않고, 가난한 백성들의 농사는 잘 돌봐 주는 공평한 여신, 가난한 백성들의 소망이 스며 있는 여신인 것이지요.

하지만 그래도 의문이 다 풀린 것은 아닙니다. 《자청비》를 읽는 이들 가운데는 '왜 사악한 정수남을 살려 주는 거야?' 하고 불만을 가진 이들도 있을 테니까요. 정수남만이 아닙니다. 세경신 자청비 일행을 푸대접한 마음씨 나쁜 아홉 머슴들에게 급체를 내리지만 결국은 살려 줍니다. 왜 그럴까요? 이는 다르거나 악하다고 해서 내치거나 없애지 않고 함께 어울리려고 하는 우리 신화의 특징입니다. 하늘과 땅, 저승과 이

승, 사람과 자연, 남자와 여자, 선과 악은 어울려 살 수밖에 없는 것이니까요. 나아가 이는 모든 것을 품을 정도로 너그러운 마음씨를 가진 세경신 자청비의 성격이기도 합니다. 식물을 키우고 동물을 먹이는 땅이 그런 것이니까요. 모름지기 농사의 신이라면 자청비 정도는 되어야 하지 않을까요?

자청비가 오늘날 되살아나는 것도 이런 매력들 때문일 것입니다. 이미 1980년대에 제주 출신의 한 시인이 〈자청비〉라는 서사시를 쓴 바 있고, 몇 년 전에 무대에 오른 제주도의 첫 창작 뮤지컬도 〈자청비〉였지요. 그뿐 아니라 여신 자청비 이야기는 오늘날 옛이야기로, 만화로 계속해서 다시 쓰이고 있습니다. 하지만 어떤 자청비 이야기를 만나든 우리는 자청비가 가져오는 농사의 풍흉이, 나아가 세상의 온갖 풍흉이 어디서 오는지를 음미해 봐야 할 것입니다. 그래야 자청비가 제주도의 여신만이 아니라 온 나라의 세경신, 온 세상의 세경신이 될 수 있을 것입니다.

함께 읽기

자청비 되어 보기

- 자청비의 이름은 '자청하여 낳았으므로 자청비(自請妃)'라는 뜻을 가지고 있습니다. 여러분의 이름에는 어떤 뜻이 담겨 있나요? 친구들의 이름에 담긴 뜻도 함께 알아 봅시다.

- 자청비는 문 도령의 아내가 되기 위해, 또 문선왕의 며느리가 되기 위해 세 가지 자격시험을 치르게 됩니다. 이러한 자격시험이 무엇을 의미하는지 이야기해 봅시다.

- 자청비는 문 도령과 함께 글공부를 하러 떠날 때, 전장에 나갈 때, 죽은 문 도령을 살릴 꽃을 구하러 서천꽃밭으로 향할 때 남장을 하고 갑니다. 자청비는 왜 여자 옷을 벗고 남자 옷을 입어야 했는지 이야기해 봅시다.

◎ 《자청비》는 신화, 즉 신성(神聖)한 이야기입니다. '신성'이란 '자신의 모습을 돌아보고, 삶을 헤쳐 나갈 수 있도록 용기를 북돋아 주는 고귀한 힘'으로 우리 삶 가까이에 존재합니다. 우리 조상들은 누구라도 신성을 지닌 신화의 주인공이 될 수 있다고 믿었습니다. 평범한 사람도 한평생을 훌륭하게 살면 신이 될 수 있다고 생각했던 것이지요. 여러분이 신이 될 수 있다면 어떤 신이 되고 싶은지 이야기해 보고, 그렇게 되려면 어떤 삶을 살아야 할지도 함께 생각해 봅시다.

◎ 《자청비》는 문 도령, 자청비, 정수남이 각각 상세경, 중세경, 하세경으로 좌정하면서 이야기를 갈무리하고 있습니다. 여러분이 읽은 내용을 바탕으로 이들 세 인물의 성격을 파악해 보고, 자청비를 중심으로 서로의 관계를 살펴봅시다.

◎ 다음 신화의 주인공들과 자청비의 공통점과 차이점은 무엇인지 이야기해 봅시다.

바리데기

딸이라는 이유로 낳자마자 자신을 버린 아버지를 살리기 위해 인간은 함부로 갈 수 없는 서천서역에 가서 약수를 구해 온 뒤, 잘못 죽은 영혼을 저승길로 인도하는 오구신이 되었다.

당금애기

열두 대문 안에서 곱게 자라다가 어느 날 갑작스레 등장한 석가여래로 인해 임신을 하게 되고 홀로 세쌍둥이를 낳아 키운 공으로 아이를 점지하고 순산하도록 돕는 산육신이 되었다.

자청비는 문 도령과의 사랑을 이루기 위해 많은 어려움을 겪습니다. 자청비에게 닥친 고난과 극복 과정을 생각해 보고 '내가 만약 자청비라면' 그 고난을 어떻게 이겨냈을지 함께 이야기해 봅시다.

· 선생님의 의심을 받았을 때
· 정수남이 계속 못된 짓을 해 올 때
· 집에서 쫓겨났을 때
· 문 도령이 다른 여자와 결혼한다는 소식을 들었을 때
· 마귀할망에게 쫓겨났을 때
· 문선왕이 내준 며느리 자격시험을 치를 때
· 전쟁이 났을 때
· 문 도령이 눈앞에서 죽음을 맞이했을 때

참고 문헌

서대석, 《한국의 신화》, 집문당, 1997.

신동흔, 《살아있는 우리 신화》, 한겨레출판, 2004.

오토 베츠, 《숫자의 비밀》, 푸른영토, 2009.

이수자·조희웅, 〈고대서사문학에 나타난 '신분인지소'에 대한 연구, 질의〉, 《고전문학연구 3》, 한국고전문학회, 1986.

조현설, 《우리신화의 수수께끼》, 한겨레출판, 2006.

진성기, 《제주도 무가본풀이사전》, 민속원, 1991.

현용준, 《제주도무속자료사전》, 각, 2007.

도움 주신 분들

김예선(건국대학교 국어국문학과 박사 과정)

왕지윤(경인여자고등학교 교사)

조현종(태릉고등학교 교사)

국어시간에 고전읽기 203
자청비, 칼 선 다리 건너 세상 농사 돌보니

1판 1쇄 발행일 2009년 11월 30일
개정판 1쇄 발행일 2012년 11월 19일
개정판 3쇄 발행일 2020년 6월 15일

기획 전국국어교사모임
지은이 조현설
그린이 이선주

발행인 김학원
발행처 (주)휴머니스트 출판그룹
출판등록 제313-2007-000007호(2007년 1월 5일)
주소 (03991) 서울시 마포구 동교로23길 76(연남동)
전화 02-335-4422 **팩스** 02-334-3427
저자·독자 서비스 humanist@humanistbooks.com
홈페이지 www.humanistbooks.com
유튜브 youtube.com/user/humanistma **포스트** post.naver.com/hmcv
페이스북 facebook.com/hmcv2001 **인스타그램** @humanist_insta

편집주간 황서현 **편집** 문성환 이영란 **디자인** 김태형 AGI SOCIETY
스캔·출력 이희수 com. **용지** 화인페이퍼 **인쇄** 청아디앤피 **제본** 정민문화사

ISBN 978-89-5862-529-2 44810

이 도서의 국립중앙도서관 출판예정도서목록(CIP)은 서지정보유통지원시스템 홈페이지(http://seoji.go.kr)와
국가자료공동목록시스템(http://www.nl.go.kr/kolisnet)에서 이용하실 수 있습니다.(CIP제어번호: CIP2012004039)